Noites Urbanas

Do Autor

Contemporâneo de Mim

Aforismos sem Juízo

Daniel Piza

Noites Urbanas

Contos

Copyright © 2010, Daniel Piza

Capa: Raul Fernandes

Editoração: DFL

Texto revisado segundo o novo
Acordo Ortográfico da Língua Portuguesa

2010
Impresso no Brasil
Printed in Brazil

CIP-Brasil. Catalogação na fonte
Sindicato Nacional dos Editores de Livros, RJ

P765n	Piza, Daniel, 1970-
	        Noites urbanas: contos/Daniel Piza. – Rio de Janeiro: Bertrand Brasil, 2010.
	        176p.
	
	        ISBN 978-85-286-1447-3
	
	        1. Conto brasileiro. I. Título.

10-3662	CDD – 869.93 CDU – 821.134.3(81)-3

Todos os direitos reservados pela:
EDITORA BERTRAND BRASIL LTDA.
Rua Argentina, 171 – 2º andar – São Cristóvão
20921-380 – Rio de Janeiro – RJ
Tel.: (oxx21) 2585-2070 – Fax: (oxx21) 2585-2087

Não é permitida a reprodução total ou parcial desta obra, por
quaisquer meios, sem a prévia autorização por escrito da Editora.

Atendimento e venda direta ao leitor:
mdireto@record.com.br ou (21) 2585-2002

"É noite e tudo é noite."

Mário de Andrade

Para meu amigo e "bicompadre" Cacaio.

Sumário

Educação pelo outono 9

As quatro estações 23

Memória do futuro 25

Golpe de vista 27

Dois filhos 39

O cartão 41

Ledinha 43

A rainha 53

"She's leaving home" 55

Calor de chuva 57

Contabilidade 63

O manequim 65

Circuito interno 67

Autoestima 87

A ficha 89

O último monólogo do grande ator 91

Um bambu 101

A escada rolante 103

Saquê 105

Roxo 117

Descontrole 119

Jogo da verdade... 121

O que se foi 139

Complementaridade... 141

Grace 143

O acidente... 161

A partida 163

Esperanto.. 165

Créditos e agradecimentos... 175

Educação pelo outono

Para ler ouvindo
as Gymnopédies *(1888)*
de Erik Satie

1.

uzana gosta do barulho do metrô. Sabe a hora certa para sair de casa e encontrar um vagão com lugar vazio perto da janela, onde se senta com um livro — é fã dos franceses, Flaubert, Maupassant, Balzac — e deixa o ritmo binário do metrô transportá-la. Vlum!, pausa, vlum! Um perfeito embalo matemático, interrompido apenas pelo guincho da brecada antes da parada na estação seguinte. São cinco estações até Santa Cecília, o tempo suficiente para ler — ou reler, como prefere — um conto. No trajeto, de tão concentrada, mal repara nas pessoas, naquele vaivém cinzento de paulistanos de tantas cores e origens. Dificilmente uma beleza para captar. E, quando o trem sobe à superfície e a luz entra na diagonal e cai sobre as páginas que lê, Suzana torce para que o céu esteja nublado e nada interfira em seu doce ritual, o qual para os outros passageiros pode ter a aparência de uma triste monotonia. O ritual é tanto melhor porque se sabe passageiro. Quando o destino chega e as portas do vagão se abrem, Suzana se resigna, como quem aceita engolir um remédio insosso, sobe as escadas em direção à rua e caminha rapidamente para o bar.

Hoje o final de tarde surpreende por sua suavidade. São 17h30, Suzana está meia hora adiantada. Passa sem olhar pela igreja de Santa Cecília, que deve continuar feinha como achou da primeira vez, mas a luz alaranjada e a brisa outonal a desviam de sua rotina; ela decide procurar um banco para esperar a hora de entrar no serviço. Há também em sua cabeça um estranho zumbido, o murmúrio de duas vozes misturadas. Compra um jornal, que deixa de lado logo depois de folhear algumas páginas cheias de políticos falsos e fotos violentas. Como gosta de trabalhar de noite, raramente repara no entardecer e caminha sem olhar ao redor, não se importando de chegar mais cedo ao bar do que os outros. Hoje admira o céu, de um azul metálico que recorta os prédios como se os quisesse suspender, até que as vozes sobem à tona. E as imagens que vêm com elas: dois homens — um mais jovem, Vital, o outro mais velho, Alfredo. O coração de Suzana pendula entre essas duas imagens falantes, numa eterna indefinição, e essa indefinição só a incomoda de vez em quando, como neste momento, ali na praça, em que o mais interessante a observar é a dança do raio de luz na janela de um prédio, raio que gradualmente vai baixando, deixando uma névoa violeta sobre o vidro.

A noite se esboça e Vital e Alfredo deixam de ser vultos interiores para tomar conta da mente de Suzana, como duas telas de cinema alternadas. "Só sei que gosto de me divertir ao seu lado", diz Vital, puxando-a para uma corrida até um lugar qualquer. "Preciso de você", diz Alfredo, cabeça no colo de Suzana, na cama do motel de sempre. Suzana baixa a cabeça para espantar essas lembranças, vê a hora no relógio de rua — "Just do it", exclama a propaganda logo acima — e se levanta apressada. Em seus gestos está escrito "Preciso ir trabalhar". O som do salto alto, em meio a buzinas e gracinhas, é como um metrônomo acelerado, dos tempos em que Suzana estudava piano com uma tia cuja chatice a fez largar os estudos e abandonar o sonho de ser a nova Guiomar Novaes, antes mesmo de aprender mais que uns acordes de Debussy ou Ravel. Hoje ela mal lembra a sequência de notas de *Yellow Submarine*. Nem gosta de conversar com Maurício, além do oi e do boa-noite protocolares, porque ele é um pianista muito ruim. "Pianista bom", já disse Suzana tanto para Vital como para Alfredo, "deixa o melhor para o final da noite, quando toca para si, fica ali procurando caminhos." Maurício quer ir embora logo e, para afugentar os bêbados que já se debruçam nas mesas e derrubam os copos, passa a martelar o *Bife* sem amaciante.

Quando chega ao Sarabanda, Maurício ainda não está lá, mas alguns clientes sim. O dono do bar, seu Rino, olha com cara feia; está acostumado com Suzana chegando antes das 18h, não às 18h em ponto.

"Boa tarde", ele diz, tentando ser irônico.

Ela não se importa; sabe que ele precisa mais dela do que o contrário; e pelo menos ele nunca mais se atreveu a fazer propostas de casamento. Suzana vai para o banheiro, coloca o "uniforme" — um avental que faz papel de saia para a imaginação da clientela — e segue para trás do balcão. Rapidamente passa por sua cabeça a dúvida de quem vai aparecer, Vital, Alfredo ou nenhum dos dois. Mas logo se concentra no trabalho, sob o zunzunzum crescente e indistinto que invade a noite. Enche canecas de chope, arranja os queijos sobre um prato, pede com sua voz levemente rouca os sanduíches para a cozinha. Continua se recusando a bater no sino para chamar os garçons. Eles que fiquem atentos: ela é rápida, precisa e limpa; faz as contas como ninguém; é tudo, enfim, que uma balconista de bar precisa ser. Um scherzo impecável por fora. Por dentro, o mesmo recitativo que a acompanha no metrô ou nas caminhadas matutinas pelas ruas do Brás, enquanto observa detalhes de um passado charmoso ou que pelo menos o tempo faz supor charmoso.

Suzana é uma morena que, apesar de magra ou "falsa magra" (uma "magra com curvas", como lhe haviam explicado ainda na adolescência), os homens na rua gostam de sussurrar "gostosa" quando passa. Quem a conhece não a acha tão acessível. Seus olhos esverdeados parecem frios, sempre de esguelha, meio tristes, como os de quem não confia em ninguém e até prefere assim. Está com 32 anos, idade que alguns homens temem porque imaginam que ela queira casar, mas que a ela dá um misto de experiência e frescor que, de fato, corresponde à realidade, ainda mais se a comparação for com homens da mesma idade, a maioria sonhando retardar o fim da juventude ou então lamentando o casamento como se fosse fatalidade.

Os homens chegam fácil a Suzana, crentes também em partir fácil. Atraente, solteira e balconista de bar, é assim, "fácil", que ela parece a eles, tal e qual Vânia, a garçonete, que desfila orgulhosa suas curvas por entre as mesas do bar. Com alguns Suzana às vezes até decidia ser fácil, optando pelo relacionamento casual, encarnando o papel da mulher que só quer se divertir. Com outros ela contava ir além de algumas saídas, mas esses desistiam assim que descobriam uma mulher bem diferente do fenótipo, uma mulher que gosta de ler, ter opinião própria e morar sozinha. Houve também alguns, como o seu Rino, que ofereceram alto padrão de vida em troca do abandono do serviço. Suzana achou estranho que seu Rino, no caso, tivesse tanto desprezo pelo emprego que ele mesmo bancava.

A falta de alguém que acompanhasse seu andamento não a fazia sofrer. Era algo com o qual ela aprendera a conviver, e sem crises.

A noite se passou como as outras, exceto pela dorzinha de cabeça que Suzana sentia. Ela criara uma espécie de redoma para se abstrair dos ruídos — gargalhadas, gritos de "mais um chope!", cantadas baratas e a música barata de Maurício em companhia de alguma taquararachada que tinha complexo de Gal Costa e se apresentava por uns trocados e, antes e depois do show, um par de baseados no camarim. Nem mesmo *Insensatez* conseguia entrar na atmosfera de Suzana e permanecer lá por mais de dez segundos, vítima da insensatez estética do dueto. De vez em quando ela passeava os dedos pelo balcão como se batucasse as teclas do piano; os acordes eram outros em sua mente. Naquela noite nem Vital nem Alfredo deram as caras. "Ou foram encher a cara em outro lugar ou então dormiram vendo futebol na TV", pensou Suzana, sem raiva. Nem estava com muita paciência para eles. Quando saiu para a rua das Palmeiras, sentiu o friozinho do outono em seu rosto e se sentiu bem. A maioria das pessoas acha o outono triste; Suzana o adora.

Era nessas madrugadas que percebia o que seu Rino dissera a respeito do glamour que a cidade tivera 30, 40 anos atrás. Sentou no ponto para esperar o ônibus das 3h, que nunca chegava pontualmente, abriu novamente o exemplar dos *Três Contos* de Flaubert e deixou o sereno roçar sua pele. Por um instante, tinha o coração simples, fácil de agradar. Levou mais uma hora para chegar em casa. O zumbido do bar já tinha se apagado de sua cabeça. Ela tomou um banho e um chá, apanhou seu diário e, deitada de bruços na cama, só com o abajur aceso, escreveu:

8 de maio — Dia comum. Um pouco de dor de cabeça. Boa caminhada de manhã, pisando nas flores caídas do jacarandá, como um tapete roxo. Ainda havia orvalho no chão e nos carros. Continuo dormindo apenas quatro horas por noite. Exatamente como meu pai.

Sinto saudades dele.

Suzana, como de hábito, só escreveu isso. E foi vencida pelo sono.

2.

Conheceu Vital quando ele a desenhava no bar. Percebeu que aquele baixinho risonho vinha toda noite e se sentava sempre a uma mesa perto do balcão, tirava um bloco da pasta e, com ele no colo, passava a rabiscá-lo freneticamente com crayons de várias cores. Não era o tipo de mulher que fica respondendo a olhares demorados, contínuos, a não ser quando percebia que eram por timidez, não por cafajestice. Os de Vital não eram tímidos nem cafajestes. Eram de desenhista, de alguém que olha e reolha até captar os detalhes mais importantes, os traços mais determinantes. Depois de três noites, ele veio mostrar o que desenhava. Suzana não se achou bonita no desenho, mas também não se achou feia. Gostou das linhas ágeis, das cores pastéis, do modo como ele mal precisou desenhar o cenário para insinuar o ambiente de um bar. Havia algo retrô, romântico, naquele desenho, e ao mesmo tempo tão atual, tão sem-cerimônia, tão livre de preconceito.

"Não era para retratar você", disse Vital, sem antes anunciar seu nome ou dizer boa-noite. "Era para me ocupar com alguma coisa interessante."

"Mas eu acho que essa aí sou eu mesma", respondeu Suzana. "Pelo menos, às vezes."

Eles começaram a sair. Ou iam do bar para a casa de Vital, nos fundos de um casarão ali perto, ou se viam na hora do almoço, num por-quilo atrás da igreja. Vital, que tinha 27 anos, era ótimo de cama. Era comum fazer Suzana ter dois orgasmos antes de ele mesmo gozar. Ela gostava das cócegas que sua barba fazia em sua virilha e se divertia com o esforço que ele fazia para esquecer que era mais baixo que ela. De vez em quando mexia em sua bolsa, pegava alguns reais, usava seu celular. Nas folgas de Suzana, ele a levava para outros bares, dançava com ela, arrancava algumas risadas com piadas ou histórias do passado. Não queria compromisso na vida. Já tinha morado com "uma moça aí" por um ano. Nunca mais. E ter emprego era obsessão de classe média; conseguia o suficiente desenhando caricaturas a R$ 10 na praça da República ou produzindo umas filipetas para o seu Honório da farmácia. Quando perguntavam sua profissão, dava a resposta de acordo com o interlocutor: se era alguém sem dinheiro ou uma mulher bonita, dizia "artista"; se era alguém que poderia oferecer algum serviço, "programador visual". No caso de dúvida, respondia as duas coisas. Suzana sabia que ele, no fundo, sabia que seria tedioso para ela.

"Sou uma chuva de verão", Vital dizia brincando para ela. "Só vim dar uma refrescada na sua vida." E dava uma risadinha, tentando soar safado.

Nesse dia ela escreveu no diário:

20 de fevereiro — Fui à casa do Vital hoje de novo, depois de sair do bar. De repente o que não me incomodava nele passou a ser o que mais me incomoda. A sujeira da sua casa, sua mania de repetir as mesmas roupas, sua energia incessante. Não fica um minuto em sossego.

Não por causa da pretensão ou insegurança de Vital, Suzana se cansou dele depois de algumas semanas. Nos tempos da amizade colorida, era isso que ele podia ser, um amigo para transar vez ou outra, um amigo literalmente colorido, como seus desenhos muito vivos e muito fugazes, os quais ele não guardava porque sempre dava às pessoas, talvez com a esperança de que elas guardassem. Suzana guardou o seu.

Quem lhe contou das amizades coloridas dos anos 70 foi Alfredo, um advogado razoavelmente bem-sucedido que, ao contrário da maioria de seus colegas, continuava a frequentar os barzinhos sem luxo do centro antigo, como o Sarabanda, que descobrira ainda na faculdade, pobre estudante ansioso por encontrar um grande amor em algum canto. Divorciado, grande, pesado, Alfredo era considerado "muito fechado" por seu Rino e os funcionários do bar. Quase sempre vinha sozinho, escolhia uma mesa perto de Maurício e ficava ali bebendo, a cara cada vez mais de sono. Suzana gostava do seu jeito de falar, do jorro de palavras, como num desabafo, sem o menor vestígio dos termos empolados e polissilábicos que usava nas petições e audiências. Gostava de terem assuntos em comum, como os livros e as flores, o que a fez atribuir a imagem de homem calado ao fato de não ter com quem conversar sobre tais assuntos. E gostava dos elogios e presentes que ele lhe dava quase toda noite, às vezes na forma de uma gorjeta gorda.

"Se eu fosse mais jovem, pediria você em casamento", dizia Alfredo, naquele tom masculino de quem está brincando mas não está. "Você não é mulher para ficar de vez em quando. Você merece alguém que te ame."

"Para com isso", disse Suzana numa dessas ocasiões. "Por que não vamos lá para casa e deixamos as coisas acontecerem?" Alfredo sorriu feito menino e assim eles começaram a namorar.

Ela anotou no diário, depois que ele foi embora:

20 de março — Hoje fiquei com o Alfredo. É um homem mais maduro, mais caseiro. A primeira vez não foi especial, mas pelo menos é calmo. Só estranhei quando ele disse que nossos encontros não poderiam ser na sua casa; disse que tem vergonha da bagunça porque, como mora sozinho, só tem uma faxineira que vai lá de quinze em quinze dias. Eu disse para ele fazer como quiser. Vou dizer o quê para um homem de 52 anos?

Alfredo dizia saber que era apenas um "deixar acontecer", mas não agia como se soubesse. A partir da segunda vez, viraram "habitués" de um motel ali perto. Suzana o agradava bastante, na cama ou fora dela, e ele retribuía com voz e gestos carinhosos, além de ter dado um sofá novo para a sala da quitinete dela. Ele tentava dar atenção, mas gostava mais de passar as horas contando de sua filha que mora nos Estados Unidos.

Uma das histórias que mais repetia era a de um incesto "na família", que tinha envergonhado a todos alguns anos atrás, mas que hoje era um trauma superado. Suzana não perguntava detalhes. Quando Alfredo via que estava sendo egoísta, disparava sobre ela uma sequência de perguntas. "Você tem outro homem?" e "Por que você nunca me conta do seu passado?" eram as mais recorrentes. No começo, ela tolerava e respondia laconicamente, com a esperança de que aquela fosse uma fase inicial. Mas para ela uma fase inicial não podia durar muito mais que um mês. E agora já se ia um mês e meio.

Suzana começou a perceber o perigo dos ex-românticos, desses homens que foram tão românticos que não souberam ser felizes — ou infelizes — ao lado de ninguém e hoje juram que estão melhores sozinhos.

3.

Na noite seguinte, já passava da meia-noite quando os dois apareceram no bar. Primeiro veio Vital, acompanhado de um amigo, que cumprimentou Suzana rapidamente, como se a tivesse visto no dia anterior, não há várias semanas. Depois chegou Alfredo, meio envergonhado meio tristonho; quando foi falar com Suzana, ela foi seca:

"Vai lá pra sua mesa, daqui a pouco conversamos. Agora estou muito ocupada, hoje isso aqui está demais." Ele fez que sim com a cabeça e foi se sentar no lugar de hábito, enquanto Maurício tocava alguma canção da moda.

Pediu para seu Rino ficar cuidando do balcão enquanto ia ao banheiro. Precisava jogar um pouco de água fria no rosto. No corredor, encontrou Vânia. Ela chorava aos soluços. Suzana logo adivinhou o porquê.

"Não aguento mais os homens, Su."

"Que aconteceu, Vânia?"

"O Valdo foi embora ontem à noite. Disse que não volta nunca mais. E desta vez falou sério."

"De novo, Vânia!"

"Mas eu ainda gosto dele. Deve ser aquela vagabunda."

"Não vou me meter na sua vida. Só acho que você não devia sofrer tanto por causa desse cara."

"Você fala isso porque tem dois homens que te adoram, que estão aí no bar, babando por você. Você não sabe o que é ser rejeitada. Aliás, você devia ficar com os dois. Homem não presta mesmo."

"Não fale do que não sabe, também não aguento mais nenhum dos dois. Só não vou ficar chorando por isso."

"Mas o que aconteceu?"

"O que aconteceu?", Suzana fez uma pausa, pensativa. "Cansei deles. Um me persegue e o outro quer que eu persiga. E eles falam demais. Depois dizem que são as mulheres..."

Suzana acompanhou Vânia, que ainda soluçava, até o banheiro. Ambas lavaram os rostos e não trocaram mais palavra.

A noite se passou sem que Vital ou Alfredo fossem falar com Suzana. Vital ficou conversando animadamente com seu amigo. Alfredo precisou sair apoiado no ombro de seu Rino, que o pôs num táxi para casa.

Enquanto mirava o vazio do bar, numa das mesas, sentada para descansar os pés, Suzana ouviu:

"Você é ambígua, Suzana. Você está aqui e ao mesmo tempo não está."

Era Maurício, ao piano, e, em vez de tocar as últimas notas, ele agora tomava um uísque.

"Você é como música."

O homem que a entendeu é aquele que nunca saberia amá-la, nunca aprenderia a tocá-la em carne e espírito. Suzana sentiu uma mistura de alívio e solidão na hora em que saiu do bar. Havia garoado a noite toda. Ela apressou o passo por causa da cidade violenta. Naquela madrugada não anotou nada no diário e dormiu muito bem.

As quatro estações

A limentou as esperanças no Natal, brindou a chegada do Ano-Novo. Espantou a tristeza no Carnaval, renovou a fé com a Páscoa. Cobriu os pés no inverno, colheu flores na primavera. E assim chegou ao fim do ano, aguardando o futuro que não veio.

Memória do futuro

Ela sabia que não teriam futuro. Ele era bem mais velho, casado, pai, ocupado demais. Ela, incapaz desse sexo casual que suas amigas de geração tentam e tentam fazer à suposta maneira dos homens. Mas não bastava uma troca de olhares numa esquina de corredor, nem mesmo aquela paquera sem consequências, exceto a de enviar uma mensagem "nós poderíamos ser felizes juntos". Como saber que amaria um homem se as circunstâncias permitissem e não ter nem ao menos o gosto de sua boca, pele e sexo? Antes um perfume na memória do que um amargor de arrependimento. E assim foi, e assim se fez: eles se amaram como se o mundo não existisse ou fosse acabar amanhã. Mais feliz e mais triste, no amanhã, ela voltou a mirar o futuro.

Golpe de vista

"Sertão é isto, o senhor sabe: tudo incerto, tudo certo. Dia da lua." (Guimarães Rosa)

Lá está ele. Vanildo nem percebe como detém o olhar naquela estrela que todo o estádio do Pacaembu aclama, gritando "É seleção! É seleção!", enquanto Roberto agradece à torcida com um sorriso satisfeito, braços erguidos, como se por sua cabeça passasse o filme de todas as outras grandes ocasiões que decidiu. E não tem nem 21 anos. Não é que ele trate a partida de hoje como se fosse fácil; não, não é arrogante, é autoconfiante, sabe que tem de dar duro para vencer. É na casa deles, mas é um clássico, e o time de Vanildo lidera o campeonato. O que Vanildo não pode é dar espaço para o cara. Vai ser sua sombra, seu pesadelo, seu trauma.

Quando Vanildo era criança, ninguém achava que ele ia dar para o futebol. Seu pai, Amarildo, e sua mãe, Vanessa, não sabiam o que fazer. Ele também ia mal na escola. Era comprido, desajeitado, e as meninas não davam bola para ele. Só mais tarde, quando aprendeu com um vizinho de Heliópolis a fazer exercícios para ganhar musculatura, é que passou a chamar atenção por seu porte. No futebol, deixou de querer ser o camisa 10 e passou a jogar na zaga, com bons resultados. Mais um pouco, passou na peneira do clube. Seu Amarildo não acreditava que o filho pudesse ser titular de um time grande já aos 19 anos. A vergonha passou a ser o orgulho da família. Não demorou também para que mocinhas começassem a rondá-lo. Uma delas, Maria, loira tingida, de curvas acentuadas, logo tomou posse de Vanildo. Em pouco tempo eles tinham sua casa, no Tatuapé, e Vanildo mandou construir outra no terreno ao lado, para seus pais e irmãos, Vando e Amanda.

Agora sua segunda temporada estava no final; mais três rodadas e seriam campeões. Uma grande volta por cima depois do fiasco da temporada anterior. E uma grande volta por cima de Vanildo, que fizera gol contra no jogo mais importante do returno. Não foi culpa dele. O goleiro, Dado, gritou "Deixa!" quando ele já estava com a perna engatilhada para dar um chutão para a frente, quebrando de vez a pressão do time de Roberto, já no tempo extra do juiz. Ele recuou a perna, mas a bola ainda resvalou em sua canela, o desvio enganou o goleiro e, lentamente, ela entrou gol adentro. Se o cara não tivesse gritado, aquela bola estaria no rio Tietê. Mas a torcida e a imprensa não quiseram saber. Ele tinha sido o vilão da noite, o bode expiatório, o culpado de uma temporada em que seu time teve três técnicos, contusões, briga entre jogadores no vestiário, "artilheiro" que não passou de 15 gols em 40 jogos. É sempre assim; a defesa é que paga o pato mais caro.

Desta vez, não. Vanildo via sempre seu nome na escalação dos "craques da semana" na página 2 do *Lance!*. Na TV já tinha gente pedindo seu nome para a reserva de Juan e Lúcio na seleção. Tinha até feito três gols de cabeça, em escanteios. E nenhuma expulsão no campeonato inteiro! Ele se sentia tão importante quanto o Binho, centroavante contratado a peso de ouro que tinha um gol a mais que o Roberto na disputa pela artilharia, e que o Diogo, meia uruguaio, que neste ano começou a jogar bem melhor do que no ano passado. Ele se sentia como o "novo Gamarra", justamente como um comentarista da Globo o tinha chamado na transmissão do jogo anterior. "Só que você é mais alto e mais forte que o Gamarra", disse o pai, Amarildo, na noite depois do jogo. Vanildo riu para dentro.

Ele também soube pela imprensa e por seu técnico, Gorilão, que Roberto estava com problemas em casa. Também tinha retornado de lesão do joelho na semana passada; estava fora de ritmo, sem fôlego. "Explora isso, Vanildo", disse o técnico na preleção. "Gruda nele, sobe nos nossos escanteios para ele ser obrigado a ir junto. E dá umas pancadas no joelho dele. É o joelho direito, ok? Não é pra mandar o cara pro hospital, é só pra dar medo. Entendeu?" Vanildo fez que sim com a cabeça. Gorilão nunca tinha pedido deslealdade. É verdade que no ano passado ele reclamara da "moleza" que Vanildo dera a um atacante adversário, que "bem merecia um sarrafo". Mas Vanildo se achava um zagueiro "clássico"; espertamente, não usava essa expressão em suas entrevistas, esperando que algum repórter a usasse — o que ainda não tinha acontecido, mas ia acontecer logo, logo.

Faltavam 90 minutos para a glória. Um empate, e seriam campeões antecipados. O moral estava alto; a goleada do domingo passado tinha sido incrível, "vencido e convencido", como disseram os jornais, e a defesa continuava a menos vazada do campeonato, graças principalmente às atuações de Vanildo. Toda noite, na hora de dormir, ele ficava lembrando seus melhores momentos, como a bola que tirara em cima da linha do gol havia uma semana. Estava em grande fase. Todos em sua casa diziam. A única chata era a Amanda, que vivia elogiando Roberto, o matador, que só não era o artilheiro do campeonato porque tinha ficado quatro partidas sem jogar. "É só ver que a média de gols dele é maior que a do Binho. E o Binho tem o Diogo pra passar a bola para ele!" Vanildo não sabia em que momento sua irmã passara a entender tanto de futebol. Ela o irritava especialmente quando acrescentava: "Além de tudo, ele é bonito pra caramba..." Mas felizmente ela não falou nada sobre Roberto a semana toda. Vanildo tinha certeza de que Amanda ia torcer por seu irmão.

Além de clássico, Vanildo se achava moderno. Estudava os atacantes adversários em teipes, ao lado dos auxiliares de Gorilão. Via para que lado gostavam mais de driblar, se conseguiam chutar forte com as duas pernas, se ficavam na primeira ou na segunda trave na hora do cruzamento, se corriam em diagonal para evitar cair em impedimento etc. Também conversava com veteranos que lhe ensinavam o lugar e o momento certos de fazer uma falta, ou então truques como apoiar o antebraço no ombro do adversário, pouco antes de ele começar a subir para o cabeceio. E era um caxias nos treinamentos. Seus números — resistência, impulsão, frequência cardíaca, índice de gordura — estavam sempre entre os três melhores do time. Com 1m87 e 82kg, se sentia talhado para a função. Conhecia cada dado estatístico seu e sempre tentava aprimorá-lo no prazo de um mês. E estava no auge. Pronto como nunca para o jogo de hoje.

Nem precisava estudar muito Roberto para ver seus defeitos. Ele cabeceava mal; participava pouco do jogo; às vezes parecia desligado e perdia bolas fáceis, até mesmo gols cara a cara; e era magro, leve demais, com meros 65kg em seu 1m80 de altura. Mesmo assim, Vanildo o estudou. Sabia que, apesar de seus defeitos técnicos, sua má forma física e sua crise no casamento, era um grande jogador, que desequilibrava em quase todas as partidas. O que mais o espantava era a combinação de velocidade com habilidade. Ele vem com a bola escondida, não dá nem para dar um toquinho de bico. Ele pode sair para qualquer lugar. Domina, dribla e chuta com as duas pernas. E o bicho é tão rápido e ágil que é difícil segurar. Com espaço, então, humilha a gente.

Vanildo viu na TV o lance de Roberto na semana passada. Ele dominou a bola, tocou na frente, ganhou na corrida do adversário; de direita, com o lado de fora do pé, passou para um companheiro, que tabelou de volta; Roberto deixou a bola correr pela frente de seu corpo e, com a esquerda, driblou o goleiro e empurrou para dentro do gol. Trinta metros em três segundos. Um raio no meio de um jogo escuro. Nas poucas vezes em que havia pegado na bola, não tinha feito nada ou errado. Tinha até furado uma bola que quisera enfiar de letra, e a torcida riu quando em seguida ele tropeçou em sua própria perna e caiu. Mascarado; mereceu a vaia. Às vezes a torcida podia perdoar em vez de provocar, de mexer com os brios e depois pagar o preço. Mas esse branquinho magrela é muito metido. Só mesmo Amanda para ver tudo aquilo nele. Maria, não. "É um franguinho, meu bem. Vai morrer de medo de você", a esposa disse para Vanildo, noite anterior, enquanto acariciava seu peito.

Assim que o jogo começou, Vanildo repassou a estratégia que desenhara para anular Roberto: ficar no cangote dele, para amedrontá-lo; não deixá-lo dominar a bola, antecipando-se ou mesmo fazendo falta; não tentar colocá-lo em impedimento, já que numa dessas o bandeirinha poderia nem ver se ele estava à frente ou não. Nos três primeiros lances, Vanildo venceu. Chegou antes à bola do que Roberto, ou então parou a jogada com uma rasteira sem força, ou usou sua estatura para cortar de cabeça o lançamento. Já eram quase 30 minutos do primeiro tempo quando Roberto pegou na bola pela primeira vez. Protegeu-a com o corpo, pisou nela, ficou de frente para Vanildo, gingou, quase como se rebolasse para ele. Vanildo pensou em chutar sua canela, mas pensou antes "Calma, calma". Roberto ciscou mais um pouco e tocou de lado para Carlinhos, que dali mesmo, da meia-lua, chutou de primeira. Dado agarrou a bola junto ao peito, com relativa tranquilidade. Mas deu bronca em Vanildo: "Pega o cara, porra!" Vanildo mostrou o dedo médio para ele, sem falar nada.

No final do primeiro tempo, Vanildo tomou outro susto. Roberto ficou bem aberto na esquerda. O lançamento veio muito alto, parecia claro que ele não ia alcançar. Mas alcançou. E com o peito. A bola pareceu ficar ali por alguns segundos, ou, pelo menos, foi essa a impressão de Vanildo. Quando tomou consciência, viu que Roberto já estava dois passos à sua frente. Partiu atrás. Não conseguia chegar, então decidiu dar um carrinho. Sabia que carrinho por trás poderia trazer até cartão vermelho, mas calculou escorregar de lado e tocar o pé apenas na bola. Mas Roberto anteviu e, como se sua chuteira fosse uma colher, ergueu a bola sutilmente, o bastante para saltar com ele por cima da perna de Vanildo, cujo movimento fez um "chuóóch" no gramado. A sorte foi que, diante do goleiro, Roberto tentou ainda dar mais um drible e pagou por sua pretensão. Dado errou a bola, mas ela escapou do controle de Roberto e correu pela linha de fundo.

Vanildo desceu ao vestiário nervoso. Mas, quando o repórter o parou ainda em campo, respirou fundo e disse que o time estava muito bem, que tinha criado mais chances de gol etc. "E o Roberto, está dando trabalho de novo?" Vanildo ficou chateado com o "de novo". Por que esses caras vêm lembrar um jogo de um ano atrás? Está certo que tinha feito gol contra, mas Roberto saíra de campo sem marcar, o que para um artilheiro é a pior coisa. Vanildo se conteve e, em tom de rapaz humilde, respondeu: "Ele dá trabalho, sim, mas a nossa equipe está bem, o professor vai acertar algumas coisas agora no intervalo e a gente vai sair daqui hoje campeão."

Ficou rememorando os lances do primeiro tempo enquanto tomava um Gatorade e afrouxava os cadarços da chuteira. Para ele, futebol é batalha. Está cheio de expressões como vencer, lutar, derrubar, bater, atirar, dar uma bomba. Uma vez tinha lido o artigo de um cronista que dizia que futebol é como fazer sexo, por expressões como enfiar, penetrar etc., em que a menina é a bola e marcar um gol é como gozar dentro. Mas para chegar lá é preciso esforço, disciplina, preparo físico, combate. Futebol é para macho. Frescura não ganha jogo.

Gorilão não falou nada sobre os dois lances em que Roberto superou Vanildo. Optou por um discurso mais genérico: "O time deles é rápido e tem uns caras que, além de rápidos, são habilidosos. Vamos redobrar a atenção." Vanildo concordou e se juntou ao grito de guerra: "Vamos lá, vamos dar o sangue e ganhar esta merda!" A equipe subiu os degraus da escada como se fosse uma tropa. Vanildo falou baixo para si mesmo: "Vamos lá, esse cara não vai fazer nada."

Ganhou uma, duas, três vezes de Roberto novamente. Numa delas, Roberto tentou o drible da vaca, mas Vanildo teve reflexo de usar a perna esquerda e sair com ela dominada pela direita. A torcida aplaudiu. Ele se sentia o xerife do time, classudo e firme ao mesmo tempo. Ainda emendou um lançamento que Binho quase converteu em gol. Empolgado, foi para a grande área adversária num escanteio. Saltou para cabecear, mas a bola bateu primeiro no zagueiro deles; ela subiu, desceu e pingou na sua frente; Vanildo a chutou como se fosse um tiro de fuzil; no entanto, ela resvalou em outro adversário e foi parar nas mãos do goleiro. A vitória estava amadurecendo; seu time avançava como um bloco compacto, acuando o outro. Agora faltavam apenas 5 minutos, e o placar 0 x 0 significava a capitulação do inimigo.

Então viu Roberto se deslocar para a lateral direita. Dali não oferecia perigo, e Vanildo acabara de ouvi-lo bufando como um potro cansado. Mas não podia dar moleza e foi cercá-lo. Quando a bola veio, Roberto deu primeiro um passo para trás, obrigando Vanildo a ceder o espaço, e em seguida um para a frente, momento em que parecia que ia dominar a bola. Mas ele só a acariciou rapidamente com a parte interna do pé esquerdo, deixando que corresse para trás. E assim a botou no meio das pernas de Vanildo. Quando virou a cintura, o zagueiro só viu as costas em fuga — o número 9 e o nome ROBERTO — e sentiu a derrota no ar. Seu companheiro de zaga, Rocha, veio na cobertura e também foi driblado. Mas essa operação permitiu que Vanildo recuperasse a distância. Roberto tocou para a ponta esquerda, onde o lateral, Lucinho, descia livre. Lucinho foi até a linha de fundo e devolveu para Roberto, no chão, ciente de que era assim que o centroavante preferia. O estádio prendeu a respiração. Roberto se preparou para acertar a bola com a chapa do pé e mandá-la no canto.

Nesse momento, Vanildo veio voando como um míssil e dividiu a bola com Roberto. Crack!, o barulho ecoou no silêncio do estádio. A bola escorreu da dividida e deslizou até dentro do gol, causando um êxtase coletivo.

Mas Roberto não se levantou para comemorar o gol. E não porque não sabia se era seu ou contra. Levou as mãos ao tornozelo e se sentiu como se estivesse num coma durante alguns segundos. Quando voltou a si, olhou para o local da pancada e viu que tinha fraturado o osso. A torcida, em festa, nem percebeu.

Dois filhos

ram dois irmãos muito diferentes que eram chefes em suas empresas e concordavam em uma coisa só: que a mãe tinha sido autoritária quando eles eram crianças e que isso os marcara de modo definitivo. Um, porém, dizia que a tinha compreendido e que, em certas situações, é necessário ser duro num país de pouco profissionalismo. O outro dizia que a experiência sofrida o ensinara a dar liberdade para que tudo funcione melhor, sem desperdício de energia. O primeiro reconhecia que não gostava da imagem de autoritário. O segundo reconhecia que não gostava da imagem de otário. Por similaridade ou contraste, nenhum estilo dava conta de todos os problemas.

O cartão

onheceu um sujeito outro dia. Ele lhe deu um cartão de visita onde constam nome, profissão, telefone comercial, telefone residencial, celular, site, blog, e-mail, MSN, twitter e endereço no orkut. Perguntou se ele ia sempre ali, mas ele não o escutou. Estava com o iPod no ouvido.

Ledinha

"Sancha ergueu a cabeça e olhou para mim com tanto prazer que eu, graças às relações dela e Capitu, não se me daria beijá-la na testa. Entretanto, os olhos de Sancha não convidavam a expansões fraternais, pareciam quentes e intimativos, diziam outra coisa, e não tardou que se afastassem da janela, onde eu fiquei olhando o mar, pensativo. A noite era clara."

(Dom Casmurro, *cap. CXVIII*)

Leda nunca foi Leda, foi sempre Ledinha, filha de dona Leda. A mãe era alta e sorridente, sorria até quando sentia cãibras nos braços de tanto esfregar as roupas para suas clientes, no tanque dos fundos de sua casinha em Itaquera, onde vivia com sua filha desde que o marido morrera. Ledinha era baixinha e tímida. Tentava ser boa aluna e tentava ter amigas, mas em geral ia mal na escola e passava a maior parte do tempo sozinha, chateada com as colegas que a menosprezavam por não ser bonita e magra. A mãe não a deixava trabalhar, ajudar com a lavação, e de vez em quando troçava com a filha, "Homem nenhum vai querer garota com mão áspera cheirando a cândida, vai?". Era isso que se esperava de Ledinha, embora ninguém dissesse com todas as letras — que tivesse a sorte de encontrar um marido que nem precisava ser inteligente nem bonito nem rico, que fosse apenas isso, um marido. Ela também torcia por isso, enquanto a mãe torcia as roupas. Numa cidade como esta, com tanta gente, em pleno século 21, um desses garotos com quem saía de vez em quando poderia acabar virando namorado, depois marido ou companheiro, para dividir a mesma cama e a mesma solidão. Ledinha tinha direito à sua versão masculina, como não? Não era porque tinha essas pernas feias, gordinhas, tão fora de moda, que ia ficar solteira para o resto da vida. Por precaução, nunca usava saias.

Ela assistia a todas as novelas na TV e não via ali a sua vida, mas por isso mesmo assistia. Assistiu também aos anos se passando, e nem precisava fazer esforço para adivinhar os comentários a seu respeito, sobre nunca apresentar rapaz nenhum à mãe, nem mesmo ficar pendurada ao telefone como todas as jovens de sua idade ficavam. Não prestou faculdade; começou a trabalhar na locadora do bairro, na verdade uma loja ao lado da padaria, com algumas prateleiras ocupadas por DVDs piratas dos filmes em cartaz no cinema. De vez em quando algum cliente soltava a frasezinha previsível, "A que horas você sai hoje?", mas ela não dava corda. Não era uma dessas garotas da novela das 7 que trocam de homem a cada mês. Sabia distinguir na hora o sujeito que estava interessado nela e o que realmente estava interessado por ela. Só que este segundo tipo ainda não tinha aparecido.

Foi como um rastilho de fofoca que correu a informação: Ledinha estava de namoro — mais, de namoro firme — mais ainda, com um moço bonito, nascido numa tradicional família de Curitiba. Divo era falante e esperto, adorava esportes, tinha uns olhos claros e um sorriso largo que logo atraíam a simpatia geral. Com os mais velhos, era atencioso e prestativo, tão atencioso e prestativo que algumas pessoas, consideradas rabugentas ou desconfiadas demais, viam uma ponta de mau caráter... Mas há pessoas que são assim: vemos um fio solto aqui ou ali, e quando o puxamos eles são apenas isso, um pedaço de fio solto; há outras que têm um fio solto, mas quando o puxamos trazem um novelo de más notícias, de sombras tristes. Divo, não; o que tinham dele era inveja e ciúme, inveja por ser tão adorado, ciúme por ter escolhido Ledinha, a menina sem graça, a filha de lavadeira, a gordinha careta.

Boba, Ledinha não era. Ela sabia que Divo — ou Rodrigo, como o preferia chamar na intimidade —

tinha algum prazer em ser casado com uma moça menos atraente do que ele, discreta, incapaz de traí-lo com outro homem, incapaz até mesmo de esboçar o menor sorriso para outro homem. Ele também tinha algum prazer com seu comportamento na cama, pois Ledinha o deixava "fazer tudo", o que ele quisesse, quando quisesse, mesmo que ela não quisesse. Na primeira vez em que fizeram amor, já na segunda noite em que saíram, Divo entrou nela como um pássaro afoito, belo como um deus, vaidoso como o diabo. Ela tinha a combinação perfeita com que ele sonhava, como dizia a seus amigos quando estes lhe perguntavam por que não "arranjava uma mulher mais bonita", sendo ele tão bonito: Ledinha era pudica em público e permissiva em particular. Com ela, Divo se sentia o máximo, coberto de elogios, com todas as vontades satisfeitas. E ela adorava isso.

Não que Ledinha pusesse a mão no fogo por ele. Sabia que Divo era do tipo que facilmente cairia em tentação. Mas também sabia que, embora viesse a ter um caso ou outro, ele jamais a deixaria. Afinal, ela era também a conselheira dele, a voz que o trazia de volta à sensatez, o contraponto racional a seu espírito aventureiro. Eles se casaram, tiveram uma filha e foram cada vez mais felizes. Divo, tão hábil em operações aritméticas quanto em seduções verbais, ia bem nos negócios como advogado, a tal ponto que, em alguns anos, eles puderam se mudar para um bom apartamento no Paraíso. Divo queria morar no mesmo prédio de seu principal cliente, Marcelinho, herdeiro de um grupo empresarial, sujeito que Divo, no escuro da suíte, dizia "mimado" e Ledinha, "bonzinho até demais". Divo e Marcelinho tinham estudado juntos na São Francisco, e a amizade era tanta que Marcelinho almoçava na casa de Divo como se fosse da família, em cujas graças também caiu — ou subiu, diriam as más línguas.

Tudo mudou pouco a pouco. Ledinha fingia não saber das infidelidades eventuais do marido, nem se importar com elas. Quando dona Leda tentava abordar o assunto, Ledinha desconversava. "O Rodrigo é um homem que gosta de ser o centro das atenções, mãe, só isso. Sou eu quem ele ama." Nem mesmo de Cléo, a mulher de Marcelinho, Ledinha tinha ciúmes. Ela era bonitona; parecia sua mãe, dona Leda, mas de pernas lindas, longos cabelos e olhos claros — olhos claros e profundos ao mesmo tempo, com um olhar forte que deixava todo mundo olhando para eles com uma mescla de temor e atração. Cléo era como Divo, desenvolta, cheia de amigos, com um jeito suave de fazer só aquilo que queria, dando a impressão de não querer. E no amor, ao contrário da física, os semelhantes se atraem. Ledinha percebia os olhares de Divo para Cléo, e não era para menos: ela também tinha adoração por Cléo, sua melhor amiga, a amiga que nunca antes tivera, e que a ensinara a fazer jantares chiques para os clientes de

Divo, a se vestir em lojas caras, a frequentar teatros e concertos em vez de ficar parada diante das telenovelas — e a quem ela seguia em tudo. Marcelinho e Cléo estavam sempre na casa de Divo e Ledinha, e vice-versa. Tomavam vinho e conversavam, ou então ouviam CDs, cada casal num sofá. Divo e Cléo, no entanto, pareciam mais próximos do que nunca na época em que ela veio contar que, finalmente, estava grávida.

"Que ótima notícia!", exclamou Ledinha, numa reação tão imediata quanto sincera. E abraçou ternamente a amiga. Sabia que havia anos, desde o casamento, que ela tentava engravidar, procurando todas as clínicas e testando todos os métodos possíveis. Marcelinho, por machismo, se recusava a fazer exames para ver se o problema não era com ele. Mas Cléo gastava e gastava dinheiro com médicos e laboratórios e... nada, ninguém encontrava problema algum. Mais tarde, a sós com a amiga, Ledinha perguntou como é que ela tinha conseguido engravidar, mesmo tendo desistido dos remédios que os médicos haviam dado para estimular sua fertilidade. "Não faço a menor ideia", respondeu Cléo. "De repente minha menstruação não veio. Fui checar e estava grávida. Acho que foi só parar de pensar nisso que aconteceu." Cléo deu um sorriso amarelo, disse que precisava descansar e se despediu.

Marcelinho e Divo também mudaram depois da notícia. Marcelinho estava mais feliz, pimpão como esses homens que acham que é dever de honra ter um filho, especialmente se for homem. Divo parecia desligado, ou antes, absorto em outras coisas além do cotidiano com Ledinha, Cléozinha — assim batizada em homenagem à melhor amiga — e as idas ao fórum e aos almoços de trabalho. De vez em quando, fazia perguntas sobre a gravidez de Cléo, mostrando uma curiosidade que não mostrara nem na gestação de Ledinha. A desconfiança de Ledinha só fez aumentar. Que ele tivesse atração e até um caso com Cléo, tudo bem. Mas um filho, não. Isso tiraria Divo do sério. Ele pararia de dar ouvidos à esposa e seria capaz de qualquer coisa. Uma coisa, afinal, tinha em comum com Marcelinho: o sonho de um filho, de um garoto com quem jogasse bola e game, e a quem um dia mostraria como conquistar a mulherada.

A verdade jamais apareceria. Ledinha não podia forçar Cléo a nada, até porque seria arruinar aquela vida feliz dos dois casais e suas crianças. Os olhares entre ela e Divo, agora ainda mais intensos, eram prova suficiente, para não falar de conversas furtivas no hall de serviço ou na varanda, interrompidas com maestria quando flagradas por Ledinha. Tampouco ela seria capaz da loucura de perguntar a Divo, que obviamente negaria tudo; o risco de perdê-lo era forte demais para ela. Mas mesmo Marcelinho, do alto de sua ingenuidade, parecia desconfiar. Foi então que ela pensou em lhe contar.

O problema é que jamais ficava sozinha com ele. Quando estavam os quatro juntos, mal conseguia conter a vontade de chegar até ele, arrastá-lo para algum canto e derramar todas as suas suspeitas. Precisava parar de chorar atrás da porta. Precisava parar de aceitar tudo, de ser tão passiva e crédula, de se deixar enganar por um sorriso e um elogio. Estava na hora de exigir seus direitos, de dizer o que pensava. Mas não conseguia.

Um gesto de Marcelinho a demoveu de vez. Foi quando ele encostou a mão em seu joelho por debaixo da mesa. "Justo ele, que parece gostar mais do Divo do que eu mesma?", pensou rapidamente. Afastou as pernas, as quais Divo nunca deixava que ela mostrasse, não porque achasse "fortes", como disse certa vez, mas porque "mulher minha não fica se exibindo por aí". Imagine se ele visse o chefe e amigo se roçando nelas? Se bem que Divo seria bem capaz de fazer uso da situação para não brigar com ele, a quem, enfim, devia todo seu sucesso profissional. Ledinha ficou confusa. Se contasse a Marcelinho sobre Divo e Cléo, ele não acreditaria; talvez até pensasse que era uma estratégia para seduzi-lo, de tão carente que era. Ao mesmo tempo, sentia pena daquele homem, tão submisso às vontades de Cléo, a mulher que vivia elogiando por sua beleza e elegância.

A confusão virou escuridão quando Divo morreu. Ele, que se gabava tanto de nadar bem, agora estava afogado na Guarapiranga, onde velejava todos os fins de semana. Apesar do temporal que caía, entrou no barco sozinho, como um Quixote, e foi para o meio da represa. Só o encontraram à noite, o corpo boiando junto ao píer do clube. Dona Leda comentou: "Mas o que ele foi fazer lá? Não viu que era um suicídio velejar com aquele tempo?" Ledinha chorou, chorou muito. No enterro, num domingo de garoa, como se ainda houvesse água para cair do céu depois daquele sábado trágico, mal conseguiu andar até a beira da cova. As pernas falhavam. A imagem do cadáver inchado e violeta, sem o menor vestígio das formas longilíneas e cores saudáveis de antes, não lhe saía da memória, provocando náuseas.

Amparada por Cléo até o túmulo, ela mal conseguiu entender as palavras que Marcelinho disse em homenagem ao amigo. Ele estava tão perturbado quanto ela. Por um instante, no meio de tanto caos mental, como um fio solto e desencapado, um pensamento passou pela cabeça de Ledinha. Era o de que Marcelinho era muito mais parecido com ela, Ledinha; além disso, ambos viviam para as mesmas pessoas. O pensamento mal chegou a ganhar essas palavras. Ela o cortou, antes que fosse obrigada a puxá-lo.

A rainha

ra a rainha do PowerPoint. Em suas palestras nas empresas, o mundo e o futuro eram explicados por seu laptop em diagramas coloridos e frases feitas, as quais lia com voz pausada e caneta de laser, ponto a ponto, meta a meta, num figurino tão exato quanto o de seu tailleur de grife, dentro do qual mantinha firme o corpo malhado em sessões diárias de ginástica. Também se orgulhava de administrar a casa, dividindo todas as contas com o marido, que buscava no final da tarde os filhos que ela deixara na escola de manhã cedo. Era boa motorista e sabia um ótimo caminho para fazer o percurso diário entre Alto de Pinheiros e Vila Olímpia em apenas 23 minutos, acontecesse o que acontecesse na cidade. Antes de dormir, ainda tinha tempo para checar as bolsas de valores na Ásia. Só não entendia por que diabos essa insônia baixava toda madrugada, às 3h, com a pontualidade de um pregão virtual.

"She's leaving home"

iana era uma menina de 13 anos quando, usando bermuda e tênis, entrou pela primeira vez numa loja chique, de grife, dessas que ficam num canto especial do shopping, cercadas de seguranças. Sentiu-se entrando num "mundo novo e mágico", como diria num twitter. Tudo era lindo, impecável, perfeito como nenhum namorado poderia ser. Diante do balcão, entregando seu cartão de crédito dourado para a vendedora, Diana viu uma mulher dessas que as colunas sociais chamam de "elegantérrimas", com muita classe, personalidade e, claro, dinheiro, além de cabelos loiros pintados por algum mestre da tintura. E pensou: "Um dia serei como ela".

Começou a ler todas as revistas de moda, a imitar todas as celebridades, a estudar inglês e fazer cursos. Emagreceu, passou a se maquiar e usar saltos altos, começou a andar com as colegas ricas da escola, adotou um semblante impassível como o das garotas nas passarelas. Um dia, cinco anos depois, sua mãe decidiu sair da periferia e ir ter mais qualidade de vida no interior. Foi o pior dia de sua vida. Diana abandonou a ideia da faculdade, mas não o desejo de ser aquela mulher que vira na loja. A ausência de um shopping na cidadezinha a amargurava; o máximo que podia era ir a uma cidade vizinha e comprar numa dessas lojas de departamentos. Não tinha amigas nem namorados; mal saía de casa. Roía as unhas, tinha calos nos pés, não precisava nem mais fazer força para emagrecer. O único prazer era comprar, era perseguir a completude do guarda-roupa. Se as revistas diziam "a moda é usar laranja", ela, que detesta laranja, saía para caçar tudo que pudesse nessa cor. Três dias sem uma compra era a infelicidade suprema. Quanto mais repetia uma peça, mais sentia precisar de outras. E mais se endividava.

Diana, agora, se diz "à espera de um milagre". Quer se salvar da compulsão em que se meteu. Quer retomar as amizades e os estudos, quer dar uma chance aos garotos mais simples. Quer aceitar a ajuda dos pais e liquidar as dívidas. E fez uma promessa: só voltará a comprar roupa depois de 20 de dezembro, quatro dias antes do Natal. Afinal, ninguém é de ferro.

Calor de chuva

"Sua própria identidade estava se apagando num impalpável mundo cinza: o próprio mundo no qual um dia os mortos haviam trabalhado e vivido estava se dissolvendo e definhando."

(James Joyce, Os Mortos)

icardo Dantas estava estressado, saiu da Bolsa de Valores, almoçou no Salve Jorge e decidiu caminhar um pouco. Mas poucos metros Líbero Badaró acima, diante da porta dupla de ferro do Martinelli, decidiu entrar no edifício que só conhecia de fama, movido não por esta curiosidade, mas pela vontade de adiar seu retorno à mesa de corretagem e seus gritos e ganhos e perdas. Na parede do hall de entrada, leu um cartazete que anunciava uma leitura literária no último andar; a de hoje seria *Angústia*, de Graciliano Ramos, de quem se lembrava vagamente de ter lido *Vidas Secas* na época da escola, sem grande proveito. Dantas, como todo mundo o chama, na família ou no trabalho, é o tipo de pessoa que reavalia o passado de acordo com o que lhe trouxe proveito ou não.

Além de estressado, estava suado, dois estados que normalmente não sente, gabando-se sempre de sua capacidade de trabalhar sem perder a elegância, sem desafrouxar o nó da gravata nem por um segundo. Sua namorada — com a qual não pretendia casar, pois tinha outros planos para si mesmo — volta e meia tentava que ele relaxasse, até uma vez em que tentou despentear seu cabelo por brincadeira e foi obrigada a ouvir um "nunca mais faça isso" cujo tom ríspido não dava margem à dúvida.

Dantas começou a sentir mais irritação quando notou que o elevador não ia subir enquanto não ficasse cheio. "Deve ser o último lugar do mundo onde ainda existe ascensorista", pensou, olhando para a mulher de uniforme cinza que segurava molemente a manivela que trava o elevador.

"Calor de chuva, né?", disse ela de repente, e num primeiro instante a reação de Dantas foi se incomodar com aquela necessidade de puxar papo, como se precisasse ser entretido ou enrolado enquanto o elevador não se enchia, à maneira dos motoristas de táxi que insistem em quebrar o silêncio para contar sua vida sexual ou financeira para o passageiro. Antes de expressar esse incômodo, porém, lhe ocorreu que aquela era uma expressão curiosa, quase paradoxal e, quem sabe, típicamente paulistana. De fato o clima hoje tinha aquele abafamento, aquele mormaço que precede a chuva, capaz de fazer suar e reduzir o fôlego e pôr toda a cidade à espera do caos, dos intermináveis congestionamentos e alagamentos, do inferno molhado que seria a hora do rush — e certamente a chuva escolheria a hora do rush para cair e complicar tudo ainda mais —, e não à espera do refresco que a água traria, aliviando a massa de calor e poluição que baixava lá fora. "É, é mesmo", murmurou Dantas, respondendo mais a si mesmo do que à ascensorista.

Como fazia sempre nos momentos em que estava esperando alguma coisa, até mesmo parado dentro do carro no trânsito, Dantas enfiou a mão no bolso interno do paletó, onde deixava o celular para que não fosse roubado, e começou a olhar se tinha recados e a passear pela agenda para ver os compromissos. Decidiu então desligá-lo. Quando tirou os olhos do aparelho, viu que o elevador já tinha as dez pessoas e soltou um suspiro de satisfação. Foi então que seu olhar percorreu uma diagonal em direção ao painel do elevador, para acompanhar a numeração andar a andar com a ansiedade habitual, e cruzou a meio caminho com um obstáculo feito de traços delicados, perfume e charme, uma mulher linda, vestida discretamente na moda — mas em nada parecida com as mulheres que trabalhavam nos bancos ao redor — e com um rosto que Dantas imediatamente classificou como "antigo", por seu perfil convexo, que tão bem casava com seu corpo longilíneo.

Não, não era a beleza óbvia daquela mulher que o atraía, como atraía os outros homens dentro do elevador, todos felizes por terem entrado primeiro e a terem visto se ajeitar ao lado da ascensorista, de costas para eles. Não, o que o fascinou foi aquela imagem que parecia resistir ao tempo, suspensa como o elevador mas por fios leves e invisíveis, duradoura como um retrato a óleo na parede — uma obra-prima dessas que Dantas vira a passos apressados em um passeio turístico juvenil pela Europa, o qual necessariamente incluía museus como cartões-postais. Talvez em outro dia, menos cansado, e com outro clima, menos cansativo, Dantas nem sequer notasse aquela moça. Foi como se tivesse sido jogado ali, naquele hiato estático entre as horas, pela própria aceleração em que vivia, como o satélite que precisa de muita velocidade para entrar em órbita.

Dantas viu naquela mulher sem maquiagem o que via nas outras mulheres quando maquiadas. Os cílios negros e compridos emolduravam os olhos azuis, as bochechas tinham um rosado natural e apessegado, a boca não precisava ser nem delineada nem umedecida para convencer de sua perfeição, os cabelos brilhavam como se tivessem acabado de nascer da superfície. O nariz não era o modelo pequeno arrebitado que se vende nos clichês de beleza; tampouco era grande, mas era ao mesmo tempo retilíneo e forte, como a simbolizar a personalidade que saía por todos os poros daquela mulher. Mas por mais atraente que fosse, e Dantas jamais vira mulher tão atraente, ela estranhamente lhe parecia distante, etérea, como um camafeu, uma efígie, um broche incrustado de água-marinha como os que ele via sua avó usar. Ela parecia uma mulher de uma época à qual ele não pertencia, não uma mulher que não pertencia a esta época.

Todas essas sensações comprimidas no espaço de um elevador e no tempo de chegar ao 30º andar não deixaram Dantas nem sequer especular aonde ela iria, até porque sabia vagamente que o prédio tinha repartições públicas. Não se perguntou se ela seria arquiteta, por exemplo, ou se teria uns 30 anos; muito menos se deu ao trabalho de olhar se tinha aliança no dedo. Ao contrário das outras mulheres em quem se interessava, não tentou extrair uma ficha de informações a seu respeito apenas com o exame visual. Aquela mulher o havia levado a outros círculos do pensamento, sem deixar em nenhum momento de lhe parecer a mais desejável do mundo. Ficou feliz quando a viu descer no último andar, como ele e mais três pessoas. Ela provavelmente também ia à leitura de Graciliano; seu tipo era muito mais inclinado a esse tipo de evento do que o dele próprio.

Mas ao sair por último do elevador, depois de desejar boa-tarde à ascensorista, apertou o passo para segui-la e não a viu mais. Ela havia virado em algum corredor ou entrado em alguma sala, em vez de subir o último lance de escada até o terraço. Dantas ainda a procurou um pouco, mas parecia pressentir que não a encontraria. Subiu os degraus e, esbaforido, encostou na amurada enquanto esperava o início da leitura. Dali do alto a cidade impressionava ainda mais, sobretudo com o enorme bloco de nuvens que pairava como uma ameba negra e mutante. Tanta gente, tanto prédio, tanto carro, e a cidade parecia espelhar aquele céu, um deserto às vésperas de ser bagunçado por uma tempestade de areia.

Depois da leitura, Dantas desceu, decidido a não ligar o celular e não voltar ao trabalho, e saiu andando pelas ruas com o destino de não ter destino, ao menos uma vez na vida. Era um homem de seu tempo, exceto por esta tarde de fim de ano. Não mais que meia hora depois, a chuva começou a cair, mas não com a força que se previa, e Dantas continuou a caminhar, olhando como nunca antes para os rostos que passavam e tendo a sensação de que dentro de cada coração caía uma garoa.

Contabilidade

 chava que era um sujeito bem resolvido, até que um dia fez as contas e viu que tinha errado numa vírgula.

O manequim

icinho não saía dos chats, orkuts e todos os sites de relacionamento de que pudesse participar. E tinha tempo para isso: tardes sem escola, madrugadas sem a voz da mãe para advertir "Largue esse computador, menino!", fins de semana. Aos domingos escutava transmissões de futebol pela internet e participava do bate-papo com a rádio antes, durante e depois de cada partida. Sua página no orkut tinha mais "amigos" do que qualquer outra. Nunca ninguém tinha praticado tanto a arte da interatividade. Um belo dia, Cicinho, num raro passeio pela rua, viu numa vitrine de loja de lingerie, de relance, uma manequim; parou, observou mais alguns instantes e

pensou: "Como eles estão atingindo a perfeição nesse negócio!" O corpo era perfeito, o rosto também, até o cabelo parecia real. E o tecido transparente sobre os seios de tamanho perfeito! Foi amor à primeira vista. Cicinho desconfiou, então, que tinha um problema. A partir daquele dia, decidiu que jamais olharia para uma vitrine de novo.

Circuito interno

(Inspirado em John Cheever)

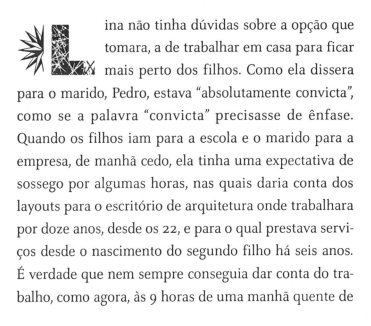ina não tinha dúvidas sobre a opção que tomara, a de trabalhar em casa para ficar mais perto dos filhos. Como ela dissera para o marido, Pedro, estava "absolutamente convicta", como se a palavra "convicta" precisasse de ênfase. Quando os filhos iam para a escola e o marido para a empresa, de manhã cedo, ela tinha uma expectativa de sossego por algumas horas, nas quais daria conta dos layouts para o escritório de arquitetura onde trabalhara por doze anos, desde os 22, e para o qual prestava serviços desde o nascimento do segundo filho há seis anos. É verdade que nem sempre conseguia dar conta do trabalho, como agora, às 9 horas de uma manhã quente de

fevereiro, quando estava ajeitando a sala do apartamento e também esperava a moça da lavanderia passar para pegar o cheque. Droga, não ia dar para terminar no prazo combinado o projeto para o novo resort de Ilhabela. O tempo sempre parecia ganhar dela na corrida.

Às vezes o cansaço era tanto que ela decidia ver um pouco de TV de manhã, hábito que sempre censurava na mãe quando era adolescente e não podia entender aquele desperdício. Ou então ela deixava a TV ligada enquanto fazia algumas coisas da casa, quase para ter como companhia um ruído de fundo, com suas promessas de alguma grande emoção num breve futuro. Dificilmente olhava para a tela; no máximo sua atenção se fixava na previsão do tempo ou em alguma notícia que as amigas tinham comentado no dia anterior. Olhar pela janela também era raro, até porque não havia nem baía nem bosque para observar naquela rua do Jabaquara; apenas prédios beges, encobertos pelos postes e fios, e Lina não se conformava com o número crescente de gambiarras, todo mundo querendo ter tudo de graça. Nesse dia abriu a janela por causa do calor, e uma luz forte batia em todas as coisas implacavelmente. Ela se sentou no sofá para receber a brisa, mas não tinha brisa. Olhou para a TV, viu que exibia um desses programas femininos sobre receitas e celebridades, apanhou o controle e começou a zapear pelos mais de cem canais, sem esperança de nada especial.

Caiu então no canal 37. Antes usado como canal de serviço, desses que explicam como mexer na própria TV, ele agora vinha sendo usado pelo condomínio para o circuito interno de câmeras. A medida tinha sido tomada depois do réveillon, quando o prédio da esquina fora assaltado por um bando armado, que fizera arrastões em todos os apartamentos, aproveitando que muitos estavam vazios porque seus moradores tinham ido para a praia; os poucos que não tinham viajado ficaram como reféns, e uma adolescente havia sido estuprada antes. Normalmente a tela do 37 vinha dividida em quatro imagens, que alternavam o que era captado na portaria, no elevador, na garagem e nos fundos do terreno.

Lina reparou, no entanto, que agora só havia uma imagem e que ela não mostrava nada daquilo. Também não era o saguão de entrada, nem o corredor de um dos andares. "Por que será que eles mudaram?", perguntou-se, com interesse quase preguiçoso. Olhou com mais atenção. Era uma sala, parecida com a sua, mas não a sua. Os móveis eram diferentes, principalmente o sofá debaixo da janela, que se parecia com uma chaise-longue, uma cópia daquela de Le Corbusier, com um plano reto inclinado e outro horizontal em couro preto. Mas seguramente a sala era do mesmo prédio: ela reconhecia o chanfro da parede à esquerda e a porta em arco do corredor à direita. A câmera devia estar em algum ponto no alto da parede do fundo da sala de jantar, pois dali se tinha uma visão quase completa de toda a sala de estar; além disso, o que parecia ser o encosto de uma cadeira de ponta de mesa aparecia ao pé do quadro. Rapidamente Lina capturou a fisionomia do ambiente, sua decoração ao mesmo tempo moderna e simétrica, os posters de filmes e reproduções de telas em ambas as paredes, a janela ampla no ponto de fuga com uma cortina translúcida. Não era o tipo de decoração que ela faria, mas nada ali chegava a desagradá-la.

Ela não tinha como saber qual apartamento era aquele. Desde que se mudaram para lá, há dois anos, saindo de um bairro mais nobre em busca de um apartamento maior, com um quarto só para servir de escritório — embora Pedro também o usasse muito, trabalhando no computador às noites, e as crianças ficassem ali no chão desenhando quase todos os dias —, Lina mal se relacionara com os vizinhos. Só os via nas reuniões de condomínio e de vez em quando no elevador, onde se cumprimentavam de modo quase protocolar, uns com mais simpatia, outros menos, e, embora se irritasse com a falta de educação que lhe parecia cada vez mais comum, Lina já tinha aprendido há muito tempo que caráter não se conhece pelo tom do cumprimento, que muitas vezes os mais amistosos são os piores amigos. Talvez fosse um resquício da criação de sua saudosa mãe, Lurdes, que a mandava ficar longe dos homens muito sorridentes.

Enquanto fazia uma espécie de galeria virtual dos rostos com os quais cruzava no elevador de vez em quando, como se involuntariamente procurasse adivinhar quem seria a dona daquele apartamento tão aparentemente sóbrio, um movimento humano surgiu na tela. Era uma mulher atravessando a sala em direção à janela grande. A cortina estava ligeiramente aberta e a mulher a fechou, o que chamou atenção de Lina, tão habituada a deixar entrar o sol da manhã em casa. A vizinha devia ter a idade de Lina, ao redor de 40 anos, era magra, tinha longos cabelos e andava com elegância, embora parecesse estar com pressa. Não se ouvia nada; era como ver uma pintura ou um filme mudo.

De repente ela se virou e, sem que Lina tivesse percebido a outra movimentação, já estava ali um homem, para quem a mulher abriu os braços como se quisesse ser tomada. E foi. O homem, de calça e camisa social, suspendeu a camisola dela, que estava sem calcinha, e gradualmente se deixou deitar sobre a chaise-longue. Lina viu que o homem, ainda de roupa, se debruçou sobre ela; instintivamente, trocou de canal e parou numa mesa-redonda esportiva. Teve um sobressalto com as vozes que pareciam gritar e desligou a TV. Sua sensação era uma mescla de constrangimento, pela invasão da privacidade alheia, e de diversão, como se fosse de novo uma menina rindo com uma novidade. Era como ouvir uma fofoca de uma amiga sobre o novo namorado, ou perceber pela primeira vez que os pelos estão nascendo.

Lina não parou de pensar no que tinha visto. Disse a si mesma que estava curiosa com aquele acontecimento tecnológico, cogitando hipóteses para o fato de o condomínio ter decidido pôr câmeras dentro dos apartamentos. Chegou a olhar para todo o forro do teto das salas à procura de uma. Mas depois pensou melhor e percebeu que isso não fazia sentido, até porque saberia da instalação, pois ficava quase o dia inteiro em casa. Talvez tivesse sido malandragem de alguém. Será que foi o porteiro? Ou o técnico da empresa de segurança? Ou algum vizinho? Alguém, enfim, interessado em ver as performances do casal ou pelo menos a beleza da mulher? Ou então seria obra do marido, que queria vigiá-la? Nesse caso, pode ter ocorrido um erro e as imagens estavam sendo transmitidas para o circuito interno. Ou seria obra do casal, que poderia ser mais um desses sobre os quais lia em revistas femininas, que gostam de se filmar enquanto transam? Mas por que na sala, não no quarto? E se todo mundo estiver envolvido — porteiro, técnico, casal? E se houver uma câmera no quarto, não na sala? Mesmo sabendo que estava beirando a paranoia, Lina achou melhor verificar todos os cômodos. Nada.

O interfone tocou com a estridência de sempre, Lina tomou um susto como raramente toma. Era a mulher da lavanderia. Em geral mandaria que ela subisse, mas disse ao porteiro que desceria para pegar e pagar. O que Lina queria era sondar o porteiro. Quase entrando na guarita, primeiro perguntou se havia correspondência; "Estou esperando um projeto, sabe, esses que vêm em tubos?", explicou, gesticulando. O porteiro respondeu que não havia nada, enquanto Lina olhava para o monitor em cima da bancada. Viu que a tela, embora pequena, estava dividida em quatro, e para disfarçar fez outra pergunta:

"Tá dando certo esse negócio de filmar o prédio?"

"Não sei, dona Lina, por enquanto não pegamos ninguém...", o porteiro respondeu, com uma ironia que incomodou Lina.

"Ah, tá, só queria saber se estava tudo igual."

O porteiro deu de ombros, como quem diz "e por que estaria diferente?". Lina não queria terminar a conversa.

"Mas é preto e branco esse monitor, né? Não dá para ver direito."

"É, mas eles prometeram que aqui vai ser colorido também, como o que a senhora tem lá em cima."

"Como assim, que eu tenho?"

"Ué, a senhora e todos os outros apartamentos. Se a TV for cor, o canal tem cor." O porteiro mostrou breve irritação em precisar dizer a obviedade.

"Entendi. Obrigada, seu Jordano."

Quando Lina andava de volta para o elevador, viu sair dele uma mulher arrumada, perfumada, de saia curta preta, longos cabelos pretos, colar de pérolas, bolsa de grife — vestida para trabalhar. Era a mulher do apartamento. Imediatamente a memória associou seu rosto a uma outra ocasião, na porta da garagem, em que a viu chegando com o marido, o homem alto e hábil da chaise-longue. Fingindo ter esquecido de fazer mais uma pergunta, Lina esperou que ela saísse do prédio e voltou à guarita.

"Seu Jordano, o senhor me avisa se deixarem o projeto aqui mais tarde?"

"Claro, dona Lina, pode deixar."

"Seu Jordano, aquela mulher que acabou de sair..."

"Dona Gabriela? A do 42? Que que tem?"

"Não, nada, depois eu falo com ela. Obrigada."

Lina entrou de novo no apartamento ansiosa. Ligou a TV no canal 37 para ver se via o que seu Jordano via. Mas não: ali estava a sala da dona Gabriela, de novo, estática e vazia — e apenas um andar abaixo do seu. Ao longo de todo o dia, Lina evitou o canal, mas na hora do almoço passou por ele e viu a mesma imagem da sala vazia. Aos poucos, a apreensão com a segurança e o constrangimento com aquele provável equívoco tecnológico pararam de atormentá-la, e a excitação com a novidade passou a ser o sentimento predominante. "A que horas será que eles voltam?", pensava; depois se arrependia, "Que que eu to fazendo? Melhor avisar para ela, vai que ela não sabe de nada". Duas coisas, porém, a detinham: não sabia como abordar o assunto sem vencer sua enorme timidez, que vinha desde a infância e ela julgava poder superar quase sempre, mas não numa situação dessas; e um momento daquela cena que testemunhara, em que Gabriela pareceu olhar diretamente para a câmera, ainda que a distância de 6 ou 7 metros não permitisse ver com nitidez para onde ela olhava. Entre uma possível gafe e o silêncio dificilmente cúmplice, optou por ficar quieta. "Duvido que ela vá ser assaltada só porque não avisei da câmera", pensou, tentando se isentar de qualquer culpa passada ou futura.

De tarde, já nem pensava em seus compromissos de vizinha. Se a câmera estava lá, não tinha nada a ver com isso. E olhar não tira pedaço, não é o que dizem? Inquieta, Lina interrompia a planta do resort e os afazeres da casa a cada quinze minutos e pensava em olhar o canal mais uma vez. Calculava o retorno da vizinha entre 17h e 18h, assim como o do marido, mas não sabia se ele tinha saído de carro ou a pé, e talvez não fosse capaz de reconhecê-lo, pois só o tinha visto de relance entrando no carro, aquele dia na garagem. O rosto dela, não; esse ela já tinha fixado na mente, com sua pele morena, seu sorriso largo, seus olhos castanhos, seu jeito autoconfiante e quase vulgar, seu perfume forte. Não era o estilo de Lina, mas Gabriela parecia uma mulher bem resolvida.

Lina era muito feliz no casamento. Mesmo com os dois filhos e o excesso de trabalho de Pedro, eles eram carinhosos um com o outro e, se já não tinham o mesmo ardor inicial, faziam amor com razoável frequência, de modo quase sempre satisfatório para ambos. Ele era um homem atraente, mesmo com os cabelos ficando mais escassos e grisalhos, e ela não tinha do que reclamar. Era bom marido e bom pai, trabalhava duro e era um dos melhores advogados da cidade, segundo todo mundo. Lina fazia esse balanço quando Pedro virou a chave na porta. Já eram 19 horas, e Lina, sentada no sofá em frente à TV, roía as unhas à sua espera.

Em vez de ficar sentada e receber o beijo do marido, como todo dia, ela se levantou e o beijou demoradamente. Pedro não era alto, mas ela enrolou os braços atrás de seu pescoço, como se quisesse ficar pendurada nele. Ele não estranhou o ímpeto da esposa, mas se desvencilhou do abraço e foi cumprimentar as crianças fazendo festa para elas. Depois abraçou Lina de novo, deu um beijo em seu ombro e sussurrou, "Mais tarde vamos namorar, né? Faz tempo". Ela ficou entre feliz e magoada com ele. Sabia que naquele momento não podiam fazer nada, mas tampouco sabia se ia estar com a mesma vontade mais tarde, quando o sono já começava a bater.

Quando todos se sentavam para jantar na cozinha, Lina esperou um pouco e se afastou em direção à sala. A TV estava num canal infantil, mas ela rapidamente pulou para o 37, já ajeitando o dedo para retornar ao anterior. E foi o que fez. Nesses poucos segundos, porém, viu o suficiente: o marido do 42 chegando em casa, tirando o paletó, beijando e agarrando Gabriela e a deitando no chão da sala. Ela abriu as pernas para ele, já de joelhos diante dela. Quando ele começou a descer o corpo, Lina desligou a TV. O barulho de talheres e risadas a chamou de volta para a cozinha.

A cabeça de Lina não conseguia evitar nem concluir os pensamentos, mas uma edição daquelas imagens diurnas e noturnas ficou com ela a noite toda, sem que ela conseguisse dizer frases completas como "Eles transam duas vezes ao dia? Será que todo dia? Só mesmo recém-casados sem filhos". Ela não invejava a vizinha, mas de algum modo a diferença entre seus costumes a atraía. Ela e Pedro chegaram a ter fases assim, em que namoravam mais de uma vez ao dia, mas algo dizia a Lina que, no caso de Gabriela e o marido, não se tratava apenas de uma fase. Ela não tinha pegado por sorte um dia de exceção na vida amorosa de um casal; o casal é que era assim, uma expressão regular daquilo que, na vida amorosa de Lina, era um impulso, uma exceção tão marcante que seria lembrada anos e anos depois.

Ela se lembrou especialmente de uma noite, no início do namoro, em que bebeu demais na festa de casamento de uma amiga, e a embriaguez e a alegria se misturaram num desejo incontido de fazer uma noite de amor inédita, em que pela primeira vez deixou Pedro fazer tudo que quisesse, em todas as posições, e aquela sensação de ser quase outra pessoa jamais deixou a memória de Lina, como alguém que se lembra de uma viagem a um lugar que os outros chamam de exótico porque nunca estiveram lá.

"As crianças dormiram, amor, vamos deitar?", disse Pedro, estendendo a mão com carinho e o olhar com malícia.

"Vamos, mon amour", respondeu ela, em busca de um personagem.

E fizeram amor como não faziam havia tempo, e do orgasmo Lina deslizou suavemente para o sono.

Nos dias seguintes a rotina do 42 passou a ser também a de Lina no 52. Como se fosse uma novela ou seriado ou um campeonato esportivo, sem áudio, ela ligava a TV em horários fixos, de manhã e à noite, e via os capítulos daquela trama sexual. Nem todo dia Gabriela e o marido faziam amor por duas vezes, mas Lina anotou, às margens de seus croquis, apenas duas vezes na primeira semana em que *não* houve sexo — pelo menos não na sala. Na segunda semana, foram três, mas na terceira foram apenas duas novamente. Lina passou a querer mais de Pedro, que correspondeu, satisfeito, e também passou a procurá-la mais, atribuindo tudo a uma fase boa, em que os filhos já estavam mais crescidos e a mulher menos estressada, trabalhando em

78

casa. Eles se sentiam namorando de novo, e Lina mostrava a Pedro suas ideias para o resort, para o qual negociou novo prazo com o escritório e, pelo ritmo, iria cumpri-lo com folga.

Passados 18 anos de carreira, Lina imaginava, tacitamente, que não teria mais frisson no trabalho, que não recuperaria aquele idealismo e prazer que sentira ao entrar na faculdade, e depois ao começar a desenhar suas primeiras plantas. O fascínio de encontrar formas novas para realizar as funções prometidas parecia ter morrido a golpes de pressão dos clientes, dos sócios, dos engenheiros, das construtoras. Seu serviço se resumia a executar o que já vinha praticamente formatado pelo pedido, a encontrar algumas soluções visualmente elegantes dentro da margem limitada do projeto. Não lhe cabia inventar volumes, acrescentar curvas, explorar assimetrias — e ela já havia superado a fase de se irritar com isso. Mas agora a vontade de ir além dos caixilhos, de oferecer ao cliente algo que ele não esperava, tinha começado a voltar. Cada parede ou cada móvel tinha de novo o potencial de ocupar "n" espaços e ganhar "n" tamanhos distintos; não era apenas a função óbvia a responsável por definir a forma final. O prazer de experimentar renasceu na prancheta de Lina, e era como se ela se sentisse de novo uma arquiteta de verdade.

A curiosidade pelo casal do andar abaixo também aumentou ao longo das semanas desde aquele primeiro flagra inocente. Lina não perguntava nada sobre eles a ninguém. A vida deles era só sua. Com o tempo, passou a reconhecer seus hábitos, inclusive os mais heterodoxos. "Oba, hoje é radical", comemorava, murmurando os dias em que o casal usava apetrechos ou ficava mais de uma hora sem parar.

De noite, com Pedro, Lina sentia vontade de lhe pedir que a pegasse diferente, mas ele era tão bom naquela posição que ela quase sempre desistia. Uma vez, porém, deixou escapar:

"Esquece que sou tua mulher", disse, quase inaudível, enquanto Pedro estava de conchinha, ambos deitados no sofá de três lugares da sala, vendo TV enquanto as crianças dormiam no quarto.

"O que você disse?"

"Não... estou brincando."

"Fala, amor, fala."

"Tem certeza?"

"Claro. O que você quer?", disse Pedro, apertando-a.

"Só isso, que você me pegue com mais força hoje."

Pedro foi com mais força, e seu suor deixou Lina ainda mais excitada, e quando eles terminaram ele sorriu, satisfeito consigo próprio, sem sequer imaginar que ela poderia ser muito mais ousada.

Na manhã seguinte, durante o café, Pedro ora parecia feliz, ora nervoso. A velha disputa para ver quem ia usar primeiro a torradeira ressurgiu, quando ele, com mãos nervosas, correu para pôr suas fatias de pão antes que Lina terminasse de pegar as dela; ele preferia pão francês, ela pão de fôrma. Pedro, porém, desta vez não discutiu nem fingiu que não percebeu. Pediu desculpas e deixou Lina usar primeiro. Fez menção de dizer algo, recuou, mas um segundo depois decidiu falar. Apesar do prazer que lhe dera, queria entender o que tinha se passado na noite anterior. Passou a mão nos cabelos de Lina e perguntou:

"Foi bom ontem, não foi? Fazia tempo que a gente não variava um pouco, né? É bom ir um pouco para outro lugar. Você tá feliz?"

Por um instante Lina pensou em dizer algumas coisas que sentia vontade de dizer a ele. Pensou em criticar sua falta de iniciativa, seu conformismo, sua falsa tranquilidade. Pensou em perguntar se não tinha desejo por outras mulheres e se não mentia quando discordava sempre de Lina quando esta elogiava a beleza de alguma atriz. Pensou em descrever para ele sua vida de "quases" e "parecias", seu cansaço diante do que é apenas útil ou correto, sua sensação de que há sempre um feixe de frustrações atrás das expressões cotidianas de cada pessoa, mesmo as de semblantes razoavelmente felizes. Mas não. Sorriu para Pedro, assentindo com a cabeça, e pouco depois ele foi trabalhar despreocupado. Dali a pouco, afinal, Lina poderia se reanimar de novo vendo o casal do 42, vendo Gabriela satisfazer sua sede quase insaciável, vendo sua ausência de sofrimento e desespero no cotidiano.

Num dia desses, encontrou o marido dela no elevador, sentiu a mão tremer e o ar faltar, mas mais pelo que sabia do que pelo que via. Ele não era bonito nem diferente; era mais comum e menos sexy que Pedro. Ao contrário do que imaginava, não sentiu vontade de se envolver com aquele homem que conseguia fazer uma mulher tão realizada. O que seduzia Lina não era ele, mas sua vida com Gabriela, a maneira como o casal vivia fora do esquadro.

Depois das primeiras semanas, Lina se sentia íntima do casal, ainda que à distância segura. Mas as coisas começaram a mudar, ou então a intimidade de Lina começou a assimilar novas informações. Além das manhãs e noites de amor, ela viu discussões e brigas entre Gabriela e o marido. Algumas precediam ou sucediam o sexo, mas a maioria acontecia em outros horários, principalmente nos fins de semana. Os conflitos tinham a mesma intensidade dos namoros, a tensão a mesma voltagem que o tesão. Houve momentos em que o marido ameaçou bater em Gabriela e chegou a empurrá-la para tropeçar e cair no sofá, e não para amá-la em seguida, e então ele virou as costas e foi embora. Lina acompanhava tudo com apreensão, torcendo para que o casal se entendesse e as brigas diminuíssem. Pouco a pouco, começou a ter raiva do marido dela, por mais que Gabriela simbolizasse um modo de existência diferente do seu. Como é que ele poderia deixar escapar uma mulher dessas?

Lina passou a especular os motivos das brigas e a imaginar suas próximas etapas. Como ele parecia ser mais novo que ela, pensou que talvez ele estivesse procurando mulheres mais jovens ou, na versão favorável, mulheres que lhe dessem filhos. Nunca sabemos bem a frustração que as aparências escondem. E então o que era diversão, observar a sintonia daquele casal na TV todo dia, deixou de ser apenas isso.

Com Pedro ela transava e brigava menos. Numa das noites em que pretendia seduzi-lo, decidiu mandar as crianças para a casa de sua mãe, vestiu um baby-doll com lingerie nova e o esperou na porta. Assim que Pedro entrou, tentou fazer como no cinema e começou a tirar seu paletó e a querer abrir sua camisa com sofreguidão, enquanto o beijava e tentava fazer que sentisse seu perfume. Pedro não a repeliu, mas não correspondeu à temperatura de sua abordagem.

"Desculpe, amor, tive um dia cheio... Fiquei muito chateado com uma reunião que tivemos lá no escritório hoje."

"Por isso mesmo, gostosão, vamos relaxar", ela insistiu.

"Não dá, Lina, estou sem pique agora."

"As crianças foram para a minha mãe. Vou servir um vinho para a gente. Você vai ver como o pique vai aparecer..."

"É, mais tarde, quem sabe?"

Esse "quem sabe" irritou Lina, que tentou se conter e não conseguiu.

"Quem sabe? Quem sabe? Eu sei, Pedro. Eu sei que você está arruinando nosso casamento!"

"Eu? Mas que eu fiz? Estamos tão bem, numa fase tão boa. Só estou pedindo para não ser agora, que to cansado", disse Pedro, numa voz cuja serenidade deixou Lina ainda mais incomodada. "Deixe de ser exagerada."

"Você sempre está cansado. Você sempre está... sempre."

Pedro fez um gesto com o braço e foi para o quarto, ombros arqueados, como se não levasse a sério a situação.

"Pedro, aonde você vai, Pedro? Pedro, venha aqui, brigue comigo, Pedro..."

Lina tomou o vinho sozinha. Meia hora mais tarde, foi ao quarto ver o que Pedro estava fazendo. Dormindo.

Alguns dias depois, quando caminhava até a farmácia para comprar absorventes e analgésicos, Lina viu um caminhão de mudanças à porta do prédio. Por uma curiosidade quase protocolar, perguntou ao seu Jordano quem estava chegando.

"Chegando não, dona; indo embora. É o pessoal do 42."

"A Gabriela?"

"Sim, ela e seu Jorge. Parece que estão se separando."

Percebendo o tom de fofoca na resposta do porteiro, Lina decidiu encerrar o assunto, fazendo força para disfarçar seu desencanto.

"É triste, mas acontece... Fazer o quê?"

"É mais triste por causa das crianças", respondeu o porteiro.

"Crianças?"

"É, eles têm dois filhos, a senhora não sabia? Dois meninos lindos. Ontem mesmo eles estavam brincando aqui embaixo, à tarde, depois de chegar da escola."

Lina não falou mais nada. Subiu de volta para o apartamento. A TV da cozinha estava ligada. "Acabe com sua rotina! Aproveite nossa promoção e faça a viagem dos seus sonhos! Cruzeiros maravilhosos em dez parcelas sem juros! É o programa perfeito para casais em lua de mel — ou para aqueles que querem fazer sua segunda lua de mel! Ligue agora, nunca é tarde para uma viagem romântica!"

Autoestima

Então ela decidiu contar para a amiga que vai se casar de novo:

"Sim, casar. Você vai conhecê-lo, ele é um homem muito atencioso, que melhorou minha autoestima. Todas as mulheres gostam dele, sabe? E ele é muito interessante, um ótimo profissional, que ganha muito bem, mas sabe que a vida não é só dinheiro. Ele me fez sentir mais jovem, mais bonita!"

"Mas, afinal, quem é esse homem?"

"Meu cirurgião plástico."

A ficha

elefonou para o ex-marido. A empregada atendeu e, ao responder, sem querer trocou singular por plural: "Eles estão no banho." A ficha caiu, e a ex-mulher não deixou recado.

O último monólogo do grande ator

(Para Paulo Autran, em memória)

uando todos já haviam deixado o teatro, Tom se deu conta de que tinha esquecido o casaco no camarim e voltou a tempo de pedir ao porteiro que esperasse para trancar a porta. Tantos anos percorrendo aqueles corredores que nem precisou acender as luzes. Na penumbra chegou ao camarim e logo percebeu que o casaco estava sobre o encosto da cadeira, diante do espelho. Na volta, ao passar pelas coxias, julgou ver um facho difuso num canto do palco. "Esqueceram um refletor aceso", pensou, caminhando para lá, na lentidão de seus quase 80 anos. De repente, ouviu um estalo do tablado alguns metros adiante, logo atrás do cone de luz. "Quem taí?" Em silêncio, um sorriso apareceu semi-iluminado, anunciando um corpo baixo e magro, pleno de vitalidade, segurando algumas folhas de papel na mão direita. Não tardou para que Tom reconhecesse: era ele mesmo, criança, ao redor dos dez anos. Apesar da falta de claridade, ele sabia: era o mesmo nariz adunco, o mesmo queixo prognata, o mesmo cabelo castanho, a mesma expressão triste e engraçada que rendia brincadeiras dos colegas da classe e elogios das meninas mais velhas. Não, não era um ator mirim querendo lhe pregar uma peça, nem um delírio visual. Tom aceitou rapidamente a realidade da cena. Com a mesma voz contida e forte que usava em suas atuações, perguntou apenas o que ele queria. E o menino respondeu:

"Não quero nada. Só estava indo para a escola, levando a redação que a professora pediu na semana passada."

"Esse papel aí? Aposto que é uma daquelas bobagens, como 'Minhas férias' ou 'Minha família'. Era um saco fazer essas redações."

"Na verdade o tema é 'Como quero ser quando ficar velho'."

"Ah, é? Hoje se diz 'idoso'. Há até uns bobões que usam 'na melhor idade', só para disfarçar que a melhor idade já passou. Naquela época a gente achava que velho era qualquer pessoa com mais de 50 anos. E o que que você escreveu?"

"O que *você* escreveu, quer dizer."

"Não importa", respondeu Tom com alguma irritação. Depois de uma pausa, puxando pela memória, continuou: "Acho que me lembro dessa redação! Escrevi alguma coisa pensando no meu avô, não foi?"

"Foi", respondeu o menino, fazendo menção de acrescentar algo e então desistindo, como se engolisse as palavras.

"Agora me lembro como era tímido. Fala, menino. Ou então leia, você, pelo menos, sempre soube ler com as inflexões certas."

Como o menino seguiu quieto, Tom pegou as folhas e leu, em silêncio, sem conseguir conter o riso a partir das primeiras linhas.

"Ai, quanta ingenuidade. Quando somos crianças achamos ou que os velhos são as pessoas mais detestáveis do mundo, com seus cheiros e manias, ou que são os sábios da humanidade, que tudo viram e aprenderam. Vou lhe contar uma novidade, Tomzinho, quem sabe assim você evita alguns dissabores mais tarde. Os velhos não são nada disso. Nem uma coisa nem outra. É verdade que ficamos meio ranzinzas com algumas coisas, mas não tem jeito; você passa a vida toda achando que seu corpo está sob controle, e um belo dia acorda e vê que não é bem assim. E é claro que a experiência pode ajudar, pode até mesmo ser uma fonte de prazer, porque, pelo menos, você vai cometer erros novos e não repetir os que já cometeu. Mas esse homem sábio, seguro, inabalável que você descreveu não existe. Nem monge budista é assim. A maioria dos velhos que conheço, se você quer saber, é bem ignorante. Esqueceu o que aprendeu e já não consegue aprender mais nada. Tem muito jovem mais sábio que eles, sabia?"

O menino continuou quieto, mas seus olhos traziam uma expressão de espanto, ou melhor, de um desconforto causado por aquelas palavras que lhe soaram duras, como se estivesse levando uma bronca de um avô que jamais erguera a voz para ele, que jamais lhe negara nada. "Não faça essa cara de chorão, você precisa parar com isso", seguiu Tom. "Depois seu pai diz que você não é homem e você fica todo magoado."

Percebeu, porém, que estava exagerando com o garoto. "Seu pai pega no seu pé, eu sei, mas talvez seja por isso que você gosta tanto de seu avô. E não só porque ele faz quase tudo que você pede. É porque ele é tolerante, ele não quer ficar enquadrando você o tempo todo. Mas isso você não tem a menor condição de entender agora. E, quando tiver, já terá sido tarde. Lembre apenas que você pode superar o trauma que terá com seu pai e..." — aqui interrompeu a fala, pensando que de nada serviria antecipar um trauma. O tempo é irreversível. Fala-se dos velhos como se eles estivessem acima do tempo, como se já não sentissem sua passagem. É exatamente o contrário! E, no entanto, isso não era ruim, não precisava necessariamente ser ruim. Tom, então, se lembrou do vô

Paulinho, não de seu rosto ou de sua figura como um todo, mas de alguns gestos — a mão pendurada com um cigarro, braço apoiado nas pernas cruzadas —, do cheiro de molho de macarrão que sua blusa parecia sempre ter, da medalha de voluntário que ficava numa caixa de vidro em cima do piano.

Só que não tinha como explicar essas coisas a uma criança, não tinha como prepará-la para as experiências, por mais que ela precisasse ouvir isso. Não sabia como emitir essas palavras; não sabia que expressão adotar no rosto, nos olhos, nas mãos. "Ator não tem cara", costumava dizer; era seu bordão, sua frase de efeito, para repetir nas entrevistas que considerava mais importantes. E em seguida desfilava as mil caras que tinha assumido ao longo de 50 anos de carreira, caras e falas de outros personagens, falas escritas por Sófocles, Shakespeare, Molière, Ibsen, Arthur Miller, Millôr Fernandes, Glauber Rocha... Essa sensação de ter vivido tantas e diversas vidas o invadia frequentemente, enchendo o peito de orgulho, ciente de que essa multiplicidade destoava da vida ordinária, monocórdia, dos outros mortais. "E pensar que meu pai queria que eu fosse advogado", eis outro lema, que repetia menos, apenas nas ocasiões em que precisava recobrar o élan; como alguns atletas, e ele tinha sido um atleta, era quando desafiado que atingia seu melhor. Se a vida dos outros era cinzenta, a sua tinha passado por todas as cores, por todas as graduações.

Mas para aquele menino diante dele não tinha a elocução certa, as palavras no devido calibre emocional, para definir aquelas experiências, para ao menos transmitir uma vaga ideia do que elas seriam para ele no futuro.

Além disso, estava falando com um fantasma, não com um menino de verdade que viveria exatamente o que ele viveu. Tom tirou os olhos dele, virando-se para a plateia vazia e escura, como se observasse uma marcação e esperasse um facho de luz para poder falar um texto. Se o tivesse, saberia ao menos encontrar a tonalidade adequada, não para fazer o menino compreender o que não podia, mas, quem sabe, para alguém em algum lugar entender o que queria dizer. E isso o fez perceber que as tais mil caras eram sua ilusão: ele era ele mesmo, por baixo de todas aquelas máscaras, e aquele menino ali não era outra pessoa; era ele mesmo no passado, separado pelo tempo, por nada mais.

Desistiu de recorrer à plateia. Apagou a luz no quadro de metal e ainda fechou direito a cortina de veludo vermelho. Sem olhar para trás, avançou pelas coxias de novo, atravessou os corredores e saiu para a rua, balbuciando um "obrigado" ao porteiro que se dizia preocupado com a demora do ator. A noite estava fria e úmida, como se fosse a noite do sertão amazônico, e não se via nenhuma das estrelas, embuçadas por nuvens, poluição e as luzes da cidade. Atravessou a avenida e foi encontrar o elenco na cantina do outro lado, uma decadente e barata cantina que, apesar de tudo, ainda gostava de frequentar tantas décadas depois, por causa de um gnocchi que lembrava o de sua falecida mãe; aquele aroma de manjericão era a ligação mais direta com ela.

Os colegas o receberam com a alegria meio postiça de quase sempre, e seu prato já tinha sido encomendado. Tom bebeu muitas taças de vinho, comeu a massa, pediu mais vinho. Era domingo, melhor dia para atuar, pior dia para viver. Como não tinha trabalho no dia seguinte, não precisava se conter. Ficar ali bebendo com os últimos remanescentes era bem mais divertido que ir para casa, com a mulher dormindo, e talvez ligar a TV e dormir ou então pegar um livro e dormir. Os mais chatos, que lhe diziam em tom de brincadeira — aquela típica brincadeira com recadinho ao fundo, a qual odiava por sua covardia — que não bebesse tanto, "você já não é menino", foram embora, e agora sim podia relaxar. E aos três amigos que restaram contou o episódio de sua aparição infantil.

Eles riram muito. Acharam que tinha sido um mero delírio. Talvez tivesse sonhado na cadeira do camarim, afinal tinha parecido cansado hoje.

Cansado? Ele, cansado? A palavra o irritou profundamente. Não tinha cansaço nenhum. Queria ver qualquer um dos outros falando o texto quase sem brancos quando tivessem 80 anos. Queria vê-los fazer Lear,

Harpagão, Solness, sem nenhum automatismo, com plena consciência, livre de qualquer ordem de diretor ou desses encenadores pedantes da atualidade que acham que ator é um detalhe na sua mise-en-scène metida a besta.

"A velhice pode ter muitas desvantagens", pensou, enquanto se levantava com alguma dificuldade para ir embora, "mas pelo menos tem uma série de personagens para fazer no teatro."

Foi para casa de táxi e, cambaleando, teve a estranha sensação de que estava fingido estar bêbado, e não tão bêbado quanto parecia estar, enquanto passava pelo porteiro do prédio. Aprumou o corpo, entrou no elevador, acertou a chave na primeira tentativa. Foi direto para o banheiro fazer xixi e lavar o rosto. Só acendeu uma das lâmpadas, para não acordar a mulher, embora durante muitos anos tenha chegado das noites de representação com uma turma de convidados, de todos os sexos, que faziam festa na sala, sem se preocupar se acordariam quem quer que fosse. Trancou a porta e olhou no espelho seu rosto cheio de sombras. Não, não era nenhum de seus personagens que estava ali, como acontece com esses atores que começam emprestando seus trejeitos aos papéis e terminam com trejeitos que parecem emprestados de seus papéis. Também não era o menino. Era ele mesmo, de rosto lavado, prestes a completar 80 anos. Mas sua imagem parecia enevoada, sem contornos, e em vão procurou se ver de fora, como alguém do público deveria vê-lo. O vidro parecia enfumaçado, como quando saímos do banho quente, mas não havia umidade a limpar com o canto da toalha. Mesmo assim, era ele, ele sabia, e para confirmar a sensação começou a falar, como se ao se ouvir pudesse se ver enfim.

Primeiro foram frases teatrais, "one-liners" que não paravam de ecoar em sua mente. Depois vieram algumas frases familiares, frases de sua mãe, de seu avô, de seu pai. Tom chacoalhou a cabeça como se quisesse sacudi-las. A perda da memória deve ser uma bênção para os velhos, ao contrário do que se pensa. Mas ele não conseguia escolher o que esquecer. Lavou o rosto de novo. Levantou a cabeça e viu sua imagem mais limpa, mas ainda indefinida, feito um daqueles sujeitos pintados por Francis Bacon, porém tranquilo, sem o mesmo grito latente, apenas com murmúrios de memórias. A vontade de dizer alguma coisa voltou.

"Antes a vida fosse uma ilusão, como tanto se diz. A vida é esse espelho difuso, a penumbra deste banheiro, uma história coberta por fumaça e suor. Não nos vemos como nos sabemos, e os outros nos veem como não nos sabemos, e nesse hiato tudo se confunde, tudo fica nebuloso. Se procuro em mim a criança que fui, não me acho, mas basta ver uma imagem da minha infância e incontáveis associações surgem e se misturam. Eu sou eu mesmo e um outro completamente diferente ao mesmo tempo. Vá embora, fantasma de mim! Ele não vai. Se fosse um fantasma, iria. Mas, se fosse eu mesmo, não pareceria ser outro. Imagens, quem acredita em imagens? Lembro centenas de rostos com quem cruzei ao longo da minha vida, alguns nos mais ínfimos e íntimos detalhes, para não falar de suas vozes, perfumes, modos de gesticular ou andar. Mas não consigo de mim mesmo fazer uma imagem tão aproximada! Quando um detalhe volta à lembrança, outro se recolhe ao escuro. Às vezes me vejo num repente mais coerente, em seguida acho que estou lembrando de uma foto que fizeram de mim, ou uma cena de filme ou novela. Onde meu rosto? Aqui, eu sei, mas aperto os olhos e ele foge de mim, abro e ele se divide em dois, quatro, dezesseis... O passado escapa como um vapor. Me sinto um museu de minhas vidas, com vários corredores, alguns salões, nada permanente. Deve ser isto a velhice, este retorno da insegurança da infância, já sem os medos e as alegrias da infância. Esta tolice de esperar que a morte chegue com aviso, e com a face de um garoto tímido e esperançoso. Estas fraquezas, estas doenças. Esta dor no peito..."

O ator caiu no banheiro, quase sem fazer barulho. Na manhã seguinte, sua mulher chamou o porteiro do prédio para arrombar a porta. O socorro não chegou a tempo. Seu rosto estava lívido e nítido como nunca.

Um bambu

uitos sonham que seriam um animal. Ele, não. Sonhou que era um bambu no meio do Parque do Ibirapuera. Que, flexível, se divertia com os assobios do vento e o farfalhar das folhas e, resistente, sempre reencontrava o viço para crescer um gomo mais. No dia em que morresse, apodrecido e amarelado, cairia em lascas sobre o solo úmido, olharia para o céu azul entre as frestas dos seus companheiros mais novos e agradeceria por nunca ter desejado competir com ele. Quando acordou, ficou em dúvida se ainda crescia ou já esfarelava.

A escada rolante

istraído, começou a subir a escada rolante, quando se deu conta de que ela descia. Pensou em acelerar para chegar ao alto. Mas, embora real, essa seria apenas uma sensação; afinal, a chegada estava lá embaixo. Se subisse na mesma velocidade em que ela descia, seria como estar parado. E, se ficasse parado, na realidade retrocederia. Qualquer que fosse a decisão, o movimento, aparente ou real, era o que entretinha tanto o corpo como a mente. Distraído de novo, deixou-se voltar para o início. E foi para a escada que subia.

Saquê

*"O belo não é uma substância em si,
mas um mero desenho de sombras."*

(Junichiro Tanizaki)

ara estranhou a demora do inverno, que neste ano se prolongou primavera adentro enquanto os ipês e acácias tingiam o asfalto de São Paulo. Era novembro e ainda havia noites abaixo de 15 graus, fato raro no Trópico de Capricórnio. Não que ela tivesse preferência pelo calor que em breve faria as pessoas partirem febris para o litoral nos fins de semana, congestionando estradas e humores; cada estação tinha seu charme, pensava Nara. O vento fresco que soprava naquela tarde solitária de sábado era um alento para quem enfrentava uma das ladeiras da Saúde, voltando para casa depois de um dia de trabalho extra na fábrica do pai. O pai, seu Dario, não queria a filha morando sozinha, mesmo que perto da família, e não escondia que queria vê-la em casa ou casada, quem sabe até mesmo em casa e casada, como a irmã mais nova, Chieko. Mas Nara gostava muito de estar sozinha, quieta a maior parte do tempo e também livre para escolher os momentos em que não queria estar sozinha, como agora à noite, quando receberia a amiga, Isabel, para conversar e talvez sair. Só com a Isabel podia conversar sobre determinadas coisas.

Hoje, porém, mesmo depois que Isabel chegou e alguns copos de cerveja foram bebidos, e ditas as amenidades que servem para reaquecer a conversa de duas amigas que se gostam muito e se veem pouco, Nara hesitava em contar a novidade que tinha recebido havia alguns dias. Era uma novidade que a levava de volta aos tempos de colégio, doze anos atrás, quando a ideia de trabalhar na confecção do pai lhe dava uma irritação que não conseguia controlar, quando seu corpo ainda não tinha ganhado as curvas do tempo, quando sua rotina consistia em estudar, estudar e... sofrer com um namoro tão intenso quanto insolúvel, tão memorável quanto irresponsável. Uma menina de 16 anos não podia assumir decisões tão perenes quanto a que ele, Alberto, queria, ele também no viril verdor dos 16 anos. E mesmo depois de dois anos juntos ela tinha a sensação constante de que não o conhecia, embora falassem sobre tudo e todos, numa relação tão verbal quanto sexual, que incluía longos telefonemas de madrugada e longas cartas de dia.

Alberto, que todos chamavam assim, jamais por algum diminutivo ou apelido, estava longe de ser bonito, mas era de longe o mais inteligente da escola, com uma velocidade de raciocínio espantosa e, ao mesmo tempo, um estilo de escrever apurado, sensível, tão caprichado quanto sua letra pequena e regular. Era um dos melhores alunos sem precisar estudar metade do tempo que os melhores estudavam; na matemática, em especial, não havia ninguém mais rápido e exato do que ele. Mas era também alto e esportivo, com cabelos loiros, olhos verdes e uma pele ainda mais clara que a de Nara. Gostava de filmes violentos e sabia tocar piano. Era de uma gentileza antiquada com ela, ao abrir portas e fazer favores, e de uma agressividade desmedida com quem se aproximasse dela, não apenas homens, mas até as amigas. Falava sem parar com os poucos íntimos e, no entanto, continuava sempre misterioso, como se escondesse segredos de família, decepções do passado. As amigas dela temiam por esse jeito, mas ele era inseparável de sua peculiaridade.

Para ele, deparar com Nara foi como entrever o nirvana. No começo ele ficava verdadeiramente sem ação quando a via no pátio, ao lado de colegas nisseis como ela e de algumas poucas gaijins como Isabel. Ele ficava em pé num canto perseguindo-a com os olhos, contemplando sua graça, sua feminilidade — que julgava perdida em todas as outras mulheres —, seus cabelos de jabuticaba, seu sorriso de neve, seu rosto de lua, seu jeito de andar como quem pisa um chão de folhas; parecia sempre na ponta dos pés, como se não precisasse mais que isso para um equilíbrio tão irrepreensível. Não era alta, mas era esguia, e aquilo que os amigos dele apontavam como defeito, a bunda pequena, o quadril estreito quase como a cintura, ele via como um de seus melhores atributos: a ausência da vulgaridade que desgostava em quase todas as mulheres. Para Alberto, a sensualidade de Nara vinha de sua delicadeza, e esta tinha de ser protegida das ameaças ao redor, como um bonsai em meio a uma selva.

Essa adoração protetora levou Nara a se sentir melhor que nunca na vida, por mais que a infância na mesma casa onde seu pai está até hoje tenha sido repleta de bons momentos, de brincadeiras no jardim, de jogos com Chieko e as primas, das visitas à fábrica onde o cheiro das tintas e a textura dos tecidos se imprimiam em seus sentidos. Alberto a levava para comer sushis quase toda vez que saíam, e só não o fazia quando ela insistia em variar, em comer uma pizza ou ir a uma churrascaria. Ele devorava duas dúzias de niguiris e sashimis em poucos minutos, para depois atacar os tempurás, temakis e tudo mais. Com o tempo, ficou especialista e, com a mesada que a duras penas recebia da mãe e guardava, passou a experimentar saquês sofisticados, nunca deixando antes de pôr o sal na borda do copo e brindar "Campai" como se cumprisse ritual; descobriu até saquês com ouro, e, antes de derramá-lo, observava as pequenas lascas flutuando na bebida como se observasse um aquário de peixes ornamentais. "Existem tantos saquês quanto tipos de vinho", dizia de vez em quando, quase para si mesmo. "Mas as pessoas não enxergam isso."

Mais tarde, passeando pela Liberdade como se fosse um labirinto que apenas ele decifrava, começou a comprar utensílios e objetos de laca, cerâmica e porcelana, que acumulavam no guarda-roupa da casa onde vivia com a mãe e o irmão caçula, oito anos mais novo que ele; seu sonho era alugar um quarto e sala para ele e Nara, e mobiliá-lo com uma cama baixa com esteira ao lado e quadros de ukiyo-e em todas as paredes. Kimonos, hashis e katanas faziam parte de seu repertório como se dominasse o assunto por natureza, e não por alguns meses. Tomava chás, assistia aos filmes de Ozu e Kurosawa e acumulava livros sobre Kyoto, onde passariam a lua de mel. Só não tinha coragem de aprender a cozinhar; jamais se sentiria capaz de limpar e cortar o peixe como via ser feito nos restaurantes, com uma calma milenar que encontrava até mesmo nos sushimen brasileiros. Mas, quando escrevia, imaginava estar escolhendo cada palavra como se laminasse torô. E fazia as aulas de kung fu na academia do Butantã com tal dedicação que chegava a tirar Nara do sério, porque ela não entendia como ele podia preferir passar duas horas por dia em cima do tatame e não com ela, mesmo na época das provas.

Alberto desenhava seu futuro na mente como se dependesse apenas dessa perseverança. Depois do vestibular, estudaria à noite e trabalharia de dia, e em pouco tempo poderia morar junto com Nara. Planejava, com incontáveis repetições, as falas e os gestos que desempenharia ao ser apresentado ao seu Dario. "Faz mais de um ano que estamos juntos e você não me levou à sua casa", disse Alberto a Nara uma vez, depois de namorarem. "Você também nunca me levou à sua casa", respondia ela, um pouco porque intrigada com o silêncio dele a esse respeito, mas principalmente porque era uma forma de se livrar da cobrança. Sabia que seu pai jamais aprovaria o namoro, muito menos os planos idílicos de um adolescente estranho. A mãe de Nara, Setsuko (dona Cê, no Brasil), sabia, tolerava, mas tampouco gostava do envolvimento. E, como tantas mães, adivinhava e não sabia de muita coisa. Não sabia, por exemplo, que Nara e Alberto já tinham uma vida sexual intensa, que chegou a incluir, num desses momentos em que se sentiu tão apaixonada por Alberto, ou por sua paixão por ela, transar no banheiro de um restaurante, ele sentado, ela por cima, onde ele dizia que ela se parecia com uma pluma, e ambos tão excitadíssimos pelo medo de serem descobertos que logo foram ao clímax. Por mais que sonhasse com seu recanto amoroso, Alberto sentiu que aquele tinha sido o dia mais feliz de sua vida.

Nara gostava de Alberto, era apaixonada por ele, curtia muito cada minuto em sua companhia — e eles se viam quase todo dia, com exceção dos domingos familiares, e aos sábados era comum que fossem à casa de uns amigos que os deixavam usar um dos quartos. Aos poucos, porém, Alberto foi se afastando dos amigos, ficando feiamente musculoso e controlando tudo que Nara fazia, estranhando cada disparate de 15 minutos entre o que ela dizia ter feito e o que ele sabia que faria. Ela atendia a todos os seus desejos e ordens, mesmo sem poder distinguir uns e outras, e se submetia a esses caprichos porque pareciam pouco numerosos em contraste com suas declarações, gentilezas e sacrifícios. Um dia, enquanto prendia mais uma vez o cabelo em coque com um par de palitos vermelhos, a seu pedido, se deu conta de que Alberto não estava olhando para ela, mas para o que queria ver. Ele amava mais o Japão que ela involuntariamente representava do que ela própria; amava a fuga, não o fato.

Sua paixão arrefeceu, ele não percebeu, os dias se arrastaram e ela não teve coragem de magoá-lo. Os ciúmes dele, que antes a deixavam envaidecida, passaram a aborrecê-la e, quando ela reclamava, ele só sabia dizer

"O que está acontecendo? Você não era assim. Você sempre foi tão serena", ou coisa semelhante. O bricabraque orientalista que ele juntava, antes uma mania que a divertia, se transformou em outro motivo de irritação, pois agora lhe parecia ridículo. Até seu gosto por estudar, que ele atribuía à herança étnica, perdeu força; ela chegou a querer tirar notas baixas simplesmente para saber como era isso. E o que algumas amigas lhe diziam, como Isabel, já não passava por sua mente como por uma porta de correr; começou a se instalar ali, a sentar no meio de sua aparente felicidade, e a soar como alerta. Mesmo assim, continuou com Alberto, no mesmo ritmo de encontros, no mesmo teatro de juras, e por meses segurou a frustração que sentia se vingar na boca do estômago.

A ruptura só veio no terceiro ano de namoro, alguns meses antes da formatura. Seu Dario comunicou à família que se mudariam para o interior, onde os impostos da fábrica seriam menores e, apesar da crescente concorrência chinesa, a falência poderia ser evitada. Que Nara prestasse uma faculdade na região, não em São Paulo, e gratuita.

Quando soube da notícia, Alberto primeiro reagiu com a confiança de que bastava a Nara dizer aos pais que não iria; em seguida, vendo nos olhos dela um clima nublado que jamais vira antes, pulou para um tom de voz que exigia que ela cumprisse o combinado. "Eu não posso", respondeu Nara, em seguida chorando. "Eu não posso, eu não posso, você não entende, você não entende", repetia, entre soluços. Explicou as dificuldades do pai, o dever que sentia em relação a ele por ter lhe dado a melhor educação possível, a loucura que seria construir uma vida longe deles, sem dinheiro nem respeito. Como Alberto não entendeu, Nara mudou de estratégia: alegou que eram muito jovens e que precisava se dedicar à faculdade e não casar tão precocemente. Diante do olhar dele, que a fuzilava como se a acusasse de traição mortal, ela respirou e foi além: "Também preciso de mais tempo para mim, Alberto. Quem sabe a gente não possa se ver nos fins de semana, ou a cada quinzena; meu pai disse que quer vir a São Paulo a cada quinzena por causa dos negócios." As palavras "quem sabe" perfuraram o espírito de Alberto como duas adagas. O código do casal havia sido rompido. De chateado com as informações que perturbavam seu plano, ele passou a furioso. Xingou Nara, e só não a agrediu porque viu o medo em seu rosto; virou as costas e saiu correndo, batendo a porta num golpe de perna.

A vida de Nara foi um tormento nas semanas seguintes. Todos os dias e noites Alberto telefonava, pedindo pelo amor de Deus que ela não fosse embora. Dona Cê filtrava as ligações. Nara teve a impressão de que ele estava na esquina em algumas noites. Na escola, chegava atrasada à aula para não cruzar com ele, não saía da sala no recreio e, na hora de ir embora, era escoltada por Isabel e outras amigas. Alberto olhava, com semblante entre indignado e perplexo, mas não se aproximava. Aos poucos desistiu, concentrando-se nas provas e no kung fu, até que entrou na faculdade em terceiro lugar e Nara partiu para a outra cidade. Nunca mais se falaram; ele nem sequer lhe mandou carta ou telefonou. Nara tratou de esquecê-lo, de se dedicar ao curso de Administração, de sair com outros caras. Nos primeiros anos ainda ficou sabendo do paradeiro de Alberto, de que tinha trocado de faculdade, de que tinha perdido a mãe, de que andava apenas com os colegas faixas pretas. Mas, quanto mais o tempo passava, menos Nara tinha notícias dele e menos se interessava. Até mesmo aquele carinho ou compaixão que batia nos momentos de boas lembranças foi se esvaindo.

"O que você tem, Narinha?", perguntou Isabel, vendo o rosto absorto da amiga, os olhos baixos, alguns suspiros em meio ao papo trivial.

"Desculpe, amiga. É que eu soube de uma coisa triste outro dia."

"Que coisa triste?"

"O Alberto. Há exatamente duas semanas, ele morreu. Mas eu só fiquei sabendo dez dias depois, você acredita que não avisaram quase nenhum dos seus amigos? O Carlos que me telefonou para contar. Morreu, amiga. Com 28 anos!"

"Meu Deus. Como foi isso, Narinha? Acidente?"

"Não", respondeu Nara, engolindo em seco antes de continuar. "Suicídio. O Carlos disse que ele se matou com um tiro na boca e só deixou um bilhete para o professor de kung fu, dizendo apenas 'Não deu para aguentar'. E enfiou a arma na boca e disparou."

"Que chato, amiga. Era um cara tão inteligente... Só espero que você não se culpe por nada, certo? Faz... o quê? Onze, doze anos? Se fosse por causa da separação de vocês, ele teria se matado muito tempo atrás."

"Eu sei. Não estou me culpando, apenas fiquei muito triste, mesmo que mal me lembrasse dele nos últimos tempos", disse Nara, olhando para baixo e depois para cima. "Ou talvez ele já tivesse se suicidado bem mais atrás, por dentro, sabe? Antes mesmo da nossa relação."

"Como assim?"

"O Carlos falou por alto sobre os sofrimentos que ele teve na infância, com o pai que batia na mãe e depois morreu cedo. Ele nunca me falou sobre isso. E isso explica, talvez, aquela tristeza que eu sentia nele de vez em quando, aquelas áreas que eu não conseguia alcançar, áreas travadas, escondidas naquelas horas caladas."

"Pode ser, Narinha. Mas tente não ficar pensando nisso."

"Eu sei. Mas me passou pela cabeça, estes dias, como é que não pude ver isso tudo nele? Talvez tivesse podido ajudar."

"Você sabe que com ele era oito ou oitenta, né? O que você podia fazer? Casar aos 17 anos com um cara que fantasiava uma vida a dois? Nem pensar, Nara. Não ia dar certo."

Nara assentiu vagamente com a cabeça, e Isabel a deixou quieta por algum tempo. À noite, saíram para tomar um vinho contra a friagem.

Roxo

s pessoas gostam de procurar os que são parecidos com elas, ou os que gostariam que fossem? Ele se apaixonou à primeira vista pela menina de cabelos roxos. Ela, não. Sua vida estava tumultuada e ela não tinha nem sequer reparado no menino sério que a fitava sem parar de um canto da sala. Um dia ele apareceu com os cabelos pintados também de roxo. Ela lhe perguntou o porquê. Ele: "Porque eu queria que você me fizesse essa pergunta. Foi por sua causa." Ela se apaixonou pela paixão dele e começaram a namorar. Um dia ela se cansou dos cabelos roxos e voltou para a cor natural, um castanho bem escuro, como os dele antes. Mas ele continuou com os cabelos roxos.

Àquela altura, as afinidades eram muitas e já não passavam pela aparência. Ele e ela sabiam disso. Mas todo amor precisa de um símbolo de sua intensidade inicial, justamente para que não desbote com o tempo.

Descontrole

atou a mulher num surto e foi preso em camisa de força. Alegou que estavam casados havia 20 anos e havia 20 anos brigavam pela posse do controle remoto. E anunciou que vai processar a operadora de TV por ter aumentado sem aviso, anteontem, o número de canais.

Jogo da verdade

> *"And the crack in the tea-cup opens*
> *A lane to the land of the dead."*
>
> *(W. H. Auden)*

s três casais chegaram juntos à casa de Campos do Jordão e, apesar da viagem quase duas horas mais longa que o habitual, por se tratar de uma sexta-feira de feriado prolongado, estavam animados. Era uma bela casa, de telhados inclinados para escorrer a neve que nunca veio nem virá, e o interior não se revelou menos acolhedor, com a decoração que imita um chalé, com muitos revestimentos de madeira, sofás de couro e uma lareira de tijolos, decoração que parecia saída de uma dessas revistas sobre o tema. Era julho, e para os próximos quatro dias se previa a mais baixa temperatura do ano. Carregando malas e garrafas, eles entraram aos elogios.

"Então, gostaram?", perguntou Ana, soltando um sorriso de menina enquanto soltava também os longos cabelos loiros que a profissão obrigava a prender em rabo.

"Muito confortável", respondeu Fernando, vestido com um suéter bordô sob o paletó. "Depois de todo esse trânsito, nada melhor para descansar de São Paulo."

"Ai, eu me sinto no Primeiro Mundo!", completou sua mulher, Isabela, erguendo levemente o queixo e andando na ponta dos pés, o que provocou risadas no marido e em Ana. "Vamos acender a lareira?"

"Mas já, Bela? Nem está tanto frio ainda. Quem sabe mais à noite?", perguntou Fernando; mas, olhando para a expressão de muxoxo da mulher, decidiu acender. "Tá bom, deixa comigo."

Ana apontou para o corredor e avisou que os dois quartos ficavam à esquerda, separados por um banheiro, e que cada casal escolhesse o seu. "A suíte é minha e do Marcos, claro", acrescentou com tom irônico. "Afinal, a casa é dos meus pais..."

"Era", interpelou Marcos, com um jeito que não deixava claro se estava sendo rude ou brincalhão.

"Era. Agora é do meu pai, já que minha mãe ficou com o apartamento", esclareceu Ana, talvez sem necessidade.

Virgínia seguiu pelo corredor, com passos velozes, mala em mão, e entrou no primeiro quarto que viu.

"Vamos ficar com este, pode ser?" Armando, constrangido com a maneira determinada da companheira, se virou para Fernando, que já olhava o outro quarto e, antes que qualquer modulação fosse necessária, acrescentou "E a gente com este".

Ana pôs um CD de jazz enquanto Fernando se encaminhava para a cozinha; como sempre, era quem, na turma, fazia questão de preparar o jantar. Notificou o cardápio da noite, penne com salmão, recebendo aprovação geral, e pediu a Armando que pusesse o vinho branco para gelar. Fernando e Armando se gabavam de conhecer vinhos e, na maioria das vezes, entravam em acordo sem querelas pedantes. Ana se ofereceu para ajudar Fernando, que pediu que ela mostrasse as louças e pusesse a mesa. Enquanto isso, Marcos explorava a estante de livros do sogro, em busca de algum policial que pudesse ler nos dias de refúgio invernal. Isabela ficou de meias e foi para perto da lareira.

Todos se sentaram, Ana e Fernando por último, depois de averiguarem se estava tudo sobre a mesa. "Que fome!", disse Isabela, com a garfada de macarrão a meio caminho. Fernando provou o vinho, sorriu satisfeito e perguntou a Marcos o que tinha achado. "Gostei... Mas você sabe, sou pintor, não tenho dinheiro para cultivar enofilia..." Fernando achou que havia provocação na resposta, mas se conteve. "Nenhum paladar é igual, amigo. Só queria saber como o vinho caiu no seu.

Só isso." Sorrindo, acrescentou: "Você, por exemplo, só usa roupa preta, né? Vai dizer que é falta de dinheiro também?" Os outros riram.

Tentando mudar de assunto, Isabela olhou para uma cristaleira ao lado e comentou: "Ana, que coisas lindas seus pais têm aqui!" Ana respondeu que eram da mãe, mas agora estavam com o pai, junto com a casa, e que ele, afinal, tinha dado a maioria para ela. Levantou-se, abriu a porta da cristaleira e segurou um bule de chá de porcelana, com desenhos a mão em azul, uma peça que qualquer leigo saberia que não custou pouco. "Esta aqui ele trouxe de Portugal, é uma das preferidas da minha mãe. Vou contar um segredo que meu pai nem sabe..." Marcos: "Um deles, né, amor?" Depois das risadas, Ana virou lentamente o bule de cabeça para baixo, deixando aparecer um sorriso no canto da boca.

"Estão vendo este trincado aqui? Fui eu que fiz... Acho que tinha uns 17 anos, foi uma das primeiras vezes que passamos o fim de semana aqui. Meus pais estavam brigando feio no quarto, gritando muito, e, sem pensar, eu peguei este bule e joguei no chão. O barulho foi enorme, por causa desse chão de tábua corrida, mas só caiu este pedacinho. Minha mãe colou, mas eu sempre venho dar uma olhada para ver se ele continua aqui."

Ana examinou a porcelana mais alguns segundos, retomando tantas reflexões que já fizera com ela em mãos, lembrando como o capricho anônimo aplicado na feitura e pintura traduzia, para além da utilidade do objeto, a humanidade do artesão, e como em sua carreira de dentista pensava nisso para se inspirar. Ela queria cuidar das pessoas com a mesma habilidade e paciência que via no bule, belo ainda que trincado.

"Vocês têm esta casa há quanto tempo? Uns 15 anos?", perguntou Isabela. Como no grupo jamais se perdia uma piada, ela mesma completou, já esboçando o riso: "Não estou querendo lembrar sua idade não, viu, amiga?"

"É só um pouco maior que a sua, amiga."

Armando, com a simpatia sempre de prontidão, disse que tinha inveja de Ana por poder desfrutar de uma casa de campo tão aconchegante, perto de São Paulo, e restaurar as energias. "No meu mundo ideal a gente só trabalharia quatro dias por semana e nos outros três descansava, ia ao cinema, jogava bola... Aí dava até para morar fora de São Paulo e só ir para lá curtir as coisas boas."

Assentindo com a cabeça, Ana continuou: "É, eu também não aguento mais essa vida estressante. Volta e meia tenho um problema: uma hora é enxaqueca, na outra é gastrite. Aquela cidade tá acabando com meus nervos. E não falo só de trânsito e assalto, não; as pessoas estão cada vez mais mal-educadas, a quantidade de gente pedindo dinheiro nas ruas só aumenta, qualquer dia que chove vira um caos."

"É, mas lá é que estão as oportunidades profissionais", rebateu Fernando. "Em qual lugar eu faria tanto dinheiro como advogado? As empresas estão todas ali, a mídia, a bolsa... Não dá para querer que seja uma Suíça, né? Até porque na Suíça, como dizia o outro, tiveram 500 anos de paz e só inventaram o cuco..."

"E aqui no Brasil nós temos o calor humano", disse Armando, erguendo o braço como se fosse discursar. "As pessoas são mais descontraídas, mais hospitaleiras, menos preconceituosas. Nosso país só tem 200 anos, na verdade, e por isso ainda tem muitos problemas, a desigualdade... Mas eu não troco por nada. E São Paulo, como disse o Fernando, é onde as coisas acontecem. Não sou advogado e muito menos tão bem-sucedido quanto ele, mas minha farmácia vai muito bem, obrigado. De vez em quando somos assaltados, mas é o preço que se paga."

A conversa era travada em tom leve, mas o assunto fez Ana querer relaxar os convidados. Ela se levantou, tirou os pratos da mesa e chamou todos para se sentarem diante da lareira e tomarem um Porto. "Amanhã vem uma empregada aqui, pode deixar a louça toda na pia. Qualquer coisa a gente dá um dinheirinho para ela depois."

Ela e Virgínia, no entanto, se demoraram na cozinha um pouco mais e foram para o banheiro lavar as mãos. Quase sussurrando, Ana perguntou sobre Armando, que estava com Virgínia há apenas algumas semanas. "Estamos ótimos", respondeu. "A separação dele tem sido difícil porque a ex-mulher não aceita. De vez em quando dá uns barracos feios... Mas agora ela concordou em assinar. Ele é bonzinho demais com ela, mas é por isso que gosto tanto dele, né?"

As amigas riam juntas, baixinho, quando Isabela chegou. "Oba, é fofoca, acertei?" Virgínia desconversou: "Não, nada disso. E você com essa barriguinha? Quantos meses? E é menino mesmo?" Isabela instintivamente passou a mão na região do umbigo. "Quatro. E é menino, sim. Vai se chamar Fernando, como o pai. Eu não queria, porque aí vira Júnior. Mas eu não quero perder esse homem por nada no mundo, então concordei. Minha carreira de atriz também vai ser interrompida, mas o papel de mãe é um grande desafio, não?", perguntou com olhos e boca abertos, como se tivesse dito a coisa mais engraçada do mundo. As duas deram uma risota conciliadora. Virgínia pensou em dizer umas verdades para a amiga, mas desistiu; não era hora nem lugar para quebrar o clima.

Na sala, todos já estavam sentados no chão, elogiando a maciez do tapete. "Ô vida boa!", exclamou Armando, levando o Porto à boca, enquanto fazia o tipo de expressão que sugere frases como "sorver o cálice". Marcos tinha posto *Chet Baker Sings* para tocar. Embora fosse um pintor considerado "difícil, quase ascético", conforme os jornais diziam, ele achava o máximo da sofisticação ler um policial ouvindo jazz e bebendo vinho. Mas, como marido da dona da casa, se sentia na obrigação de conversar com os convidados. "E você, Fernando, tudo bem aí?" Fernando fez sim com a cabeça, emendando: "Amanhã podemos comer um fondue na cidade, não? Ou aqui mesmo em frente à lareira. Podemos comprar no supermercado de dia e à noite fazemos."

Ana se sentou no tapete também, esticando as pernas por baixo da mesa de centro, onde esbarraram com as de Fernando. "Desculpa", disse em voz alta. "Esta mesa também tem muitas histórias. Era aqui que a gente jogava quando chovia ou antes de dormir."

"Jogava o quê? Truco eu adoro!", perguntou Armando.

"Baralho, sim, War, Stop... Jogo da verdade também. Era sempre a mesma coisa: começava com umas perguntas formais, mas no final era só baixaria, minha mãe aproveitando para cobrar o meu pai, essas coisas."

"Isso que dá jogar em família...", meio que brincou Marcos.

"Oba, vamos jogar também? Adoro jogo da verdade! E estamos entre amigos, puxa vida", disse Isabela.

"Pode ser, mas amanhã depois do fondue", respondeu Ana. "Hoje estamos cansados. Amanhã podemos acordar cedo para passear na cidade, tomar um chocolate quente, ver as lojas..."

"Ou então pegar o carro e dar uma volta por aí", sugeriu Armando. "Tem umas casas muito bonitas, o haras... E tem aquela pedra com uma vista linda, como é o nome mesmo? Faz muitos anos que não venho aqui."

"Pedra do Baú. Mas não recomendo."

"Por quê, Ana?"

"Lá tem tido uns assaltos e até estupros. Tem uma história terrível, de umas mulheres que precisaram agradar os ladrões para não morrer..."

"Agradar?"

"Não, Ana", cortou Fernando. "Nada de histórias terríveis aqui. Além disso, está ficando muito frio para subir montanha. Vamos tomar mais um Portinho e depois dormir."

No dia seguinte, o café da manhã, o passeio na cidade, o almoço, depois as compras no supermercado, tudo correu numa alegria só. Até andar de teleférico os casais andaram. Na hora de pedir os vinhos no restaurante, porém, gastaram como gente grande. A temperatura despencou com o sol, e o vento parecia uma lâmina nas peles.

Entraram na casa rindo à toa, encadeando besteiras. Como ninguém queria comer ainda, decidiram abrir mais garrafas e descansar na sala. Armando então lembrou a ideia de jogar o jogo da verdade. "Vamos, é ótimo para passar o tempo, melhor que ligar a TV ou ficar checando email no celular", disse, dando indireta para

Fernando. "Ops, parei", reagiu ele, largando o celular na mesa de canto. "Vamos nessa. Ana, posso pegar uma das garrafas vazias que ficaram na cozinha?"

"Claro."

A brincadeira se iniciou em tom sério, porque o primeiro a perguntar foi Fernando para Virgínia.

"Virgínia, você é bióloga, trabalha com genética, sabe tudo sobre genoma, protenoma..."

"Proteoma."

"É, essas coisas..." A roda de amigos riu de leve. "E eu tenho lido uns caras que querem negar a importância da economia, da sociologia, e acham que tudo só pode ser explicado pela fisiologia, pelo cérebro, pela evolução..."

"Ih, papo cabeça", Isabela se queixou com um sorriso.

"Aonde você quer chegar, Fernando?", perguntou Virgínia.

"Lugar nenhum. Só queria saber se você pensa assim."

"Ei, mas isso não é jogo da verdade", disse Ana. "No jogo da verdade você tem de perguntar para a pessoa uma coisa que sempre quis saber dela."

"Ué, estou pedindo a opinião dela."

"Vou ser sucinta porque não tem nada a ver esse tema agora, Fernando. Eu acho que durante muito tempo aconteceu o contrário: esqueceram que o ser humano é um organismo complexo, não um simples ator das leis da história, da luta de classes, sei lá do que mais. Mas também acho que há exageros."

"Que exageros?"

"Gente que quer definir comportamentos morais como se fossem questão de ter ou não ter determinado gene, entende?"

"Como esses caras que dizem que o homem é mais violento que a mulher por causa dos hormônios."

"Sim. Ou que é menos fiel porque precisa produzir muitos espermatozóides para se reproduzir, enquanto a mulher precisaria de um único óvulo. O tipo de coisa que os machistas adoram ouvir, porque parece justificar suas traições."

"Mas homem e mulher são diferentes mesmo, não são?"

"Ih, Fernando, não começa...", disse Ana.

"Não falo apenas de sexo, fidelidade, essas coisas. Homens são melhores amigos, por exemplo."

"Hah, quem disse?", replicou Virgínia. "Ana, Isabela e eu, que estamos aqui, somos ótimas amigas e fomos nós que apresentamos vocês homens."

"Mas isso é raro, tanto que você está chamando atenção para isso. Em geral são as amizades do homem que formam os círculos. A gente se diverte mais, não fica com disputinhas..."

"Homens não ficam com disputinhas? Essa é de fazer rir."

"E você não está sendo nada divertido, Nando. Vamos para a próxima pergunta. Mas, por favor, façam perguntas pessoais, não filosóficas, ok?", interveio Ana.

Ana girou a garrafa e a ponta parou em Isabela. "Eu para você, Isabela."

"Manda."

"Me desculpe, mas esse é o jogo e vou aproveitar a oportunidade. Por que você não apareceu aquela vez?"

"Onde?"

"Você sabe."

"Não sei não, diga."

"Tem certeza?"

"*Be my guest*", disse Isabela em tom de brincadeira.

Fernando, ansioso, interrompeu: "Ei, que segredinhos são esses? Todo mundo tem de saber!"

"É que a Ana, antes de eu começar a namorar você, Nando, me arranjou um encontro com um sujeito bonitão do teatro."

"Que sujeito?"

Isabela respondeu olhando para Ana: "Um sujeito qualquer, um metido. Fiz bem em não aparecer, tá?"

"Será?", provocou Ana. "O cara era demais, lindo, qual o problema? Pelo menos um rolo, um caso... Ele parecia a fim de você."

"Por isso mesmo. Queria ir pra cama na primeira noite."

"Ei, Bela, nós também fomos pra cama na primeira noite!"

Depois de alguns segundos de constrangimento, Isabela tomou fôlego e respondeu:

"Com você foi diferente, querido."

"Diferente como?"

"Você sabe."

Ana se irritou com a tentativa de fechar o assunto com aquele olhar que os casais trocam quando querem dizer "mais tarde a gente lava a roupa suja" ou, pior, "quem é você para me apontar o dedo?".

"Ei, isto é um jogo da verdade!"

"Não sei explicar, Ana. O Nando tem um jeito diferente, meigo, confiável. Claro que queria ir pra cama na primeira noite, mas ao mesmo tempo isso não parecia ponto de honra para ele. O outro cara parecia que ia me pôr numa sala de troféus."

"Pronto, muito bem", disse Armando, com um sorriso de quem estava gostando da temperatura em ascensão. "Vamos seguir com a roda."

Girou a garrafa. "É para você. Ana. Prometo pegar leve, hahaha. E a Bela não me deu nenhuma procuração de vingança, hahaha."

"Não tem graça", disse Isabela, tentando ser seca.

"Vai, engraçadinho, pergunta."

"Sempre quis entender por que você é dentista. A Virgínia sempre diz que você tem muitos talentos, que sabe cantar, tocar piano..."

"Seria ótima atriz também", acrescentou Isabela.

"E, no entanto, você é dentista!"

"Você faz isso soar como se fosse o emprego mais burocrático e tedioso do mundo. É um pouco... Mas eu gosto muito de artes, isso não significa que eu seria boa artista. O pouco que estudei, deu pra ver que seria apenas mediana. E dou muito valor para a arte pra me contentar em ser apenas mediana, entende? Não quero soar esnobe, é justamente o contrário. Reconheci que não tinha tanto talento quanto queria ter."

"Ou ficou com medo de arriscar?", perguntou Virgínia.

"Pode ser. Meu pai também sempre disse isso, acho até que é mais frustrado que eu. Mas acho que meus clientes estão mais satisfeitos com os dentes que lhe dou do que se pagassem pra me ver no palco...", disse Ana, dando o tom de quem fecha a resposta, para que mudassem de alvo.

"Agora eu giro", disse Isabela. "Marcos, sua vez!"

Marcos ficou em silêncio, tentando esconder o mau humor em impassibilidade, o que não fazia diferença nenhuma para Isabela.

"Você é um artista como eu, ou melhor, é ainda mais que eu, afinal sou atriz e só repito o que os outros escrevem", disse Isabela, provocando risadas em todos, menos Marcos. Pigarreou. "É... Eu só queria saber isso de você, como é ser artista num país que não dá valor para arte que não for comercial, em que as pessoas são sempre tão ignorantes..."

"E sempre acham que os outros é que são ignorantes..."

"É verdade. Mas, enfim, como é viver de pintura? Gosto muito das suas pinturas, temos uma que ficou linda na nossa sala de jantar, né, amor?", Isabela perguntou para o marido, apoiando a mão em seu joelho, como se precisasse de uma força. "Ficou mesmo, Marcos", compareceu Fernando. "Tem tudo a ver com os móveis."

"Isabela, você quer saber como é que vivo com tão pouco dinheiro, não é?", devolveu Marcos, com voz nitidamente alterada, como se falasse ainda mais baixo que o de costume, para não ter que falar mais alto. "Não, a Ana não paga as minhas contas, sou eu mesmo." Por alguns segundos pareceu respirar fundo, de olhos baixos, como se buscasse paciência debaixo da mesa. "Ganho pouco e gasto pouco. Só isso."

"Sua vez, Marcos, gire", falou Ana com pressa.

"Eta joguinho besta", reagiu ele, bufando, mas girando a garrafa. "Armando. É para o Armando", disse Ana.

"Armando, conheço você há pouco tempo, mas li em algum lugar que as farmácias brasileiras não cumprem quase nada. Sonegam impostos, vendem remédios sem receita, ganham dinheiro com chicletes, pilhas e refrigerantes. As suas são assim também?"

O quinteto emudeceu. A boca de Ana abriu lentamente, escandalizada, até que ela conseguiu se expressar: "Marcos, precisa ser agressivo assim?"

"Ué, isto não é um jogo da verdade?"

"É, mas é um jogo, antes de mais nada. Para que pesar a mão?"

"É uma simples curiosidade. Sinceramente."

"Não tem problema não, Ana. Respondo fácil essa. Marcos, sou um homem de bom humor, que ajudo as pessoas como posso. Mas somos obrigados a fazer algumas coisas neste país que..."

"Obrigados? Como assim?"

"Obrigados, Marcos, sim senhor. Porque senão não sobrevivemos."

Virgínia, tomando as dores e o pulso do marido, continuou: "E não adianta fazer essa cara de cinismo, porque você é um artista plástico e não enfrenta a vida real, a competição, a dificuldade de dar emprego."

"Ah tá, desculpe", respondeu Marcos. "Não sabia que só podia perguntar quem 'enfrenta a vida real'. Vou sair do jogo então."

"Nada disso", objetou Ana. "Até agora ninguém fez pergunta para o Nando."

"E eu não fiz pergunta para ninguém", completou Virgínia.

"Perfeito, então nem precisa girar. Pergunta pro Nando", estimulou Isabela. "Mas sem esse papo de biologia, hem?"

As risadas vieram com uma força insuspeitada, muito acima do que seria normal diante da brincadeira de Isabela, como se compensassem a tensão dos minutos anteriores. Quando pararam, Virgínia falou:

"Fique tranquilo, Fernando, não vou questionar suas opiniões sobre as mulheres. Nem discutir economia, até porque não entendo nada do assunto. Minha pergunta é muito simples..."

Nesse momento Marcos interrompeu: apoiando as mãos sobre a mesa, se levantou à frente de Fernando e falou como se fosse um touro arrastando a pata no chão: "Pode deixar que eu pergunto pra ele." Uma paralisia assustada baixou sobre todos. "Desde quando minha mulher chama você de Nando?" Segundos de silêncio se passaram, e Marcos repetiu: "Desde quando minha mulher chama você de Nando?"

"Que é isso, querido?", perguntou Ana, entre indignada e surpresa. "Todo mundo fala Nando."

"Aqui nesta mesa só a Isabela, a mulher dele. Você nunca chamou. E aqui, em Campos do Jordão, você já falou várias vezes. É Nando pra cá, Nando pra lá. Que história é essa?"

"Você tá doido", disse Fernando, num muxoxo, virando o rosto e repetindo. "Você tá doido."

"Marcos, devo ter pegado isso da Isabela, de tanto ouvir a Isabela falando Nando. Você está me ofendendo."

"Gozado. Você nunca chama a Isabela de Bela, como ele chama."

"Ah, você tá doido."

"Que é isso, um corinho dos dois? Um dueto? Que mais vocês fazem juntos que a gente não sabe?" Marcos gritava. "Minha vontade é quebrar aquela porcelana na sua cabeça. Você acha que sou idiota?"

Ana se levantou e, esfregando as primeiras lágrimas, saiu da sala e se fechou no quarto, batendo a porta com força. Foi seguida por Virgínia e Isabela. Dali a alguns minutos, em meio aos gritos masculinos vindos da sala, elas ouviram um barulho de vidro quebrado e Armando berrando "Não!". Correram para a sala. Marcos segurava na mão direita uma garrafa quebrada. Fernando estava no chão, com um corte profundo na barriga, de lado a lado, e o sangue desenhava uma sombra no tapete marrom.

O que se foi

Um motorista de táxi se mudou para o interior de Minas. "São Paulo não dá mais pra mim. Vou criar minha filha num lugar mais tranquilo, onde posso pagar uma boa escola." Juntou-se ao sogro para vender águas. O amigo lhe comprou o carro à vista — para começar uma frota, mas também para ajudá-lo a financiar a nova vida. O que se foi sugeriu ao que ficou que também se fosse. O que ficou ficou tentado e ficou de pensar. O que se foi ligava toda semana insistindo que ele se fosse. Ambos prosperaram, o que se foi com as águas e o que ficou com os carros. Durante dez anos só se falaram por telefone e torpedo. Até o dia em que o que ficou recebeu a mensagem do que se foi: "Minha filha vai estudar administracao em sp. Vc pode falar com aquele seu cliente pra ver se consegue estagio?" Imediatamente a mente do que ficou se foi para o passado, lá onde sonhara um dia ir para a faculdade, se formar e ter uma filha.

Complementaridade

Ela gostava de livros, ele gostava de esportes. "Opostos se complementam", pensaram e casaram. Mas depois de ela explicar que Mozart não era chocolate, Proust não era piloto, Nelson Rodrigues não era treinador, Picasso não era marca de carro e Van Gogh não era banco, foram separados para sempre.

Grace

"Qualquer idiota enfrenta uma crise. É essa vida cotidiana que nos deixa esgotados."

(Tchecov)

"as o que ela tá sentindo, Rosa?"
"Muita dor de cabeça, doutor, e não quer nem sair do escuro."
"Isso deve ser enxaqueca ou algo parecido; leve a menina ao médico."
"Eu levei, mas eles disseram que era só dar aspirina Agora ela só quer ser atendida pelo senhor."
"Eu sou oftalmologista, Rosa, eu cuido dos olhos, entendeu?"
"O senhor foi tão educado com ela quando ela veio na sua casa, então ela pediu pra falar com o senhor. Eu to ficando desesperada. Ela chora muito, a gente dá remédio e não acontece nada. Faz duas semanas, doutor. E ela disse que tá com dor na vista também."

"Sim, mas..."

"O senhor disse que a gente podia contar com sua ajuda."

Antonio não entendeu bem o motivo por que a frase teve impacto, mas teve. Rosa trabalhava como doméstica em sua casa havia mais de cinco anos, e sua filha Helena estava sempre ali; ele a acompanhou desde os primeiros passos, por volta de um ano, até agora, com seis. Como médico e como empregador, pensou, tenho a obrigação de ir ver o que essa menina tem. Mas tão longe...

"Então vamos juntos, Rosa, vou desmarcar as consultas do final da tarde. Onde é mesmo?"

"É no Itaim. No Itaim Paulista, não no Itaim chique, o senhor sabe."

"Sei, mas não sei ir pra lá e hoje é rodízio do meu carro. Vamos de táxi, ainda não é hora do rush."

"Muito dinheiro, doutor. Vai dar quase minha diária. De metrô e trem a gente chega em 1 hora e meia, no máximo. Eu sempre chego em casa lá pelas 8 da noite. Dá tempo pro senhor voltar e ver seu futebol na TV..."

Havia muito Antonio prometia a si mesmo que iria conhecer a casa onde Rosa mora. Achava esquisito conviver todo dia com uma pessoa e saber tão pouco dela, de sua parte da cidade, e queria ajudar mais do que pagando o bom salário e todos os direitos, como INSS, 13º e férias, ao contrário do que a maioria de seus conhecidos fazia com suas empregadas. A mulher de

Antonio, Olga, também dizia que queria fazer a visita, mas nunca podia ou estava disposta.

Mas ir assim, de surpresa, para socorrer Heleninha, sem que o caso fosse de sua especialidade, não era o que tinha imaginado. Ligou para o celular de Olga, pensou em inventar alguma história, mas, constrangido, contou o que estava acontecendo. Num primeiro instante, ela compreendeu, mas depois se mostrou inquieta:

"Mas, Tó, você não conhece aquela região, vai se perder na volta. E a gente tinha combinado de ficar um pouco a sós hoje, tomar um vinho..."

"Eu sei, amor, mas antes das 10 estou de volta. Não posso me negar. Prometo que não demoro."

"Não estou dizendo pra você se negar. Só estou preocupada, é tão longe; na verdade, eu nem sei direito onde é. E hoje é sexta, a cidade vira um inferno!"

"É tão longe, mas ela faz esse caminho todo dia. Aprendo na ida e posso voltar sem problemas."

Antonio fez a voz soar com segurança, mas também estava preocupado. Ia ser uma canseira, e sem necessidade. Provavelmente a menina estava com alguma gripe mais forte, só isso. Rosa explicou que pegariam o metrô até a estação Itaquera, depois pegariam um ônibus e desceriam na Marechal Tito e caminhariam até a rua Floral, uma travessinha da avenida Barão de Alagoas.

"Belo nome tem sua rua, Rosa. Entre marechais e barões, Floral é bem melhor, né?"

Antonio deu uma risada rápida, que interrompeu porque Rosa não parecia ter ouvido ou entendido, concentrada em apanhar a mochila de escola que usava para carregar suas roupas, o celular e as chaves. Caminharam a passos largos até a estação Santa Cruz, com a tarde ainda queimando como se estivessem no meio do cerrado, e o relógio do metrô marcava 16h45 quando embarcaram. À medida que avançava, o vagão se enchia. Na Sé, fizeram a baldeação, lutando a cotoveladas pelo caminho; Antonio protegeu com os ombros um assento para Rosa se sentar. Olhando o mapa das linhas, perguntou pelo trem que ia até uma estação chamada Itaim Paulista. Rosa explicou que sua casa era longe da estação e, além disso, não gostava de andar de trem, por causa da "molecada". Era melhor ir de ônibus, pelo menos ventava mais. Antonio assentiu com a cabeça, como se tivesse entendido tudo.

Quando saíram do metrô, chovia forte. O sol ainda não tinha se posto, mas o temporal não deixava ver quase nada, e as pessoas corriam pelas ruas como se estivessem fugindo de gás lacrimogêneo. "Vamos logo porque aqui costuma inundar", gritou Rosa. "Desculpa, doutor Antonio, mas eu não podia imaginar que ia chover assim, podia?" Tentando manter o bom humor, Antonio sorriu e não falou nada, concordando tacitamente. Rosa puxou um guarda-chuva colorido da mochila, tão pequeno que não dava para cobrir um dos ombros dele. O ponto de ônibus deveria ter uma cobertura. E também uma luz. Que custa colocar uma luz aqui, dessas com proteção de ferro, como fazem nas piscinas?

O primeiro ônibus passou, mas tão apinhado que tiveram de esperar o próximo. Antonio se lembrou do que tinha lido numa dessas revistas que a Olga lia, sobre a importância de viver o momento, de estar onde se está, e evitou pensar que gostaria de ter ficado em casa, vendo a chuva pela janela, e depois jantar com sua mulher e assistir a um joguinho na televisão. Observou as pessoas no ponto, algumas encostadas no muro do galpão abandonado, outras falando e rindo alto embaixo de guarda-chuvas, as mulheres agarradas às suas bolsas como se fossem bebês.

Rosa parecia olhar para o nada, talvez pensando na Heleninha. Não era uma mulher feia. Sua carteira de trabalho dizia 28 anos, mas ela parecia mais; mesmo assim, era simpática, tinha bons traços e um jeito esperto, com essa maturidade que o cotidiano parece ensinar às mulheres muito mais que aos homens. Não sabia quase nada sobre ela; não sabia se Heleninha era filha do Geraldo, um sujeito com voz de rapaz que ele atendia ao telefone de vez em quando. Provavelmente o pai dela era mais um desses que se mandam por aí, sem dar notícia, tanto é que Rosa a deixava na escola de manhã e com a mãe de tarde, até chegar de volta do trabalho. Se tivesse marido, Antonio ou Olga já teriam ouvido falar dele, como ouviram falar da dona Maria, a mãe de Rosa.

Entraram no ônibus, lotado e com o chão molhado, e, como as janelas tinham sido fechadas por causa da chuva, o ar estava parado, denso, e Antonio agradeceu por ser alto e poder respirar um pouco melhor. Rosa não parecia ter problema, pois estava com a cabeça baixa, como se acostumada a esperar os sacolejos, um a um, até o fim. Antonio queria tirar a jaqueta bege que usava por cima da roupa de médico, mas achou melhor não incomodar os outros com o movimento de seus braços.

O ônibus mal andava. A avenida estava congestionada, o nível da água já chegava quase à metade dos pneus dos carros; a cidade parecia à beira de uma convulsão, e Antonio pensou nas imagens que costumava ver das enchentes por ali, não raro ouvindo de Olga o comentário de que felizmente estavam livres disso. Na esquina seguinte, o farol piscante parecia fazer uma contagem regressiva para o dia em que todos os motoristas e passageiros largariam carros, caminhões, vans e ônibus, e iriam embora para sempre. Não havia nenhum guarda para organizar o cruzamento, e cada carro lutava para tomar a frente do outro como as bactérias numa infecção.

Não é à toa que as pesquisas mostram que a maioria dos paulistanos quer se mudar daqui. O pior é que eles ainda ouviriam coisas como as que a Marta, a amiga perua da Olga, dizia, "Então por que vieram?", como se maioria ainda maior de paulistanos não tivesse origem em outro lugar, como a própria Marta, e a terra das oportunidades devesse escolher a quem oferecê-las. Antonio, que no máximo tinha ido até a Penha, por causa de um barzinho recomendado por um amigo, começou a se sentir mal. Era forte e resistente, escolado nos plantões médicos, mas já estava bastante incomodado naquele caos, e a dor de cabeça aumentava a cada quarteirão.

"É, Alemão, aqui tem muito sofrimento." A frase ecoou em sua mente, evocando o período que passou como voluntário no semiárido, trabalhando num programa do governo que examinava a vista dos sertanejos carentes. Falava sempre com orgulho daquele mês de voluntariado, recém-formado em Medicina — um orgulho tão grande que parecia pagar todos seus pecados de antes e depois. "É, Alemão, aqui tem muito sofrimento." Alemão é como o chamavam ali, por ter cabelos castanhos claros, e no futebol do final de tarde era também o modo mais fácil de lhe pedir a bola, "Aqui, Alemão, passa, to livre", exceto pelo fato de que Antonio demorava a se dar conta de que era com ele que estavam falando. É sempre ao outro que catalogamos, nunca a nós mesmos. "É, Alemão, aqui tem muito sofrimento." A frase tinha sido dita por um de seus pacientes, o seu José, um velhinho engraçado, que sempre mexia com as assistentes dos médicos. Foi no dia em que ele contou ao doutorzinho que uma de suas netas tinha morrido, aos 2 anos, de bicho na barriga.

Uma curva acentuada do ônibus trouxe Antonio de volta ao presente, e ele olhou na direção de Rosa com um semblante que, sem querer, a deixou preocupada. "Tudo bem, doutor? Parece enjoado. Eu também não aguento mais ficar parada. Mas o cobrador disse que viu na televisãozinha do celular que as coisas estão melhorando." Antonio olhou para o relógio: já eram 7 e meia, o tempo parecia escorrer como a água marrom pelas sarjetas. Ia perder o jantar com Olga, o futebol, e ia dormir pouco, já que no dia seguinte acordaria às 5 para cobrir férias de um colega no hospital.

Levou um esbarrão, que o assustou. Olhou para ver quem era, pronto para fuzilar com os olhos e, conforme fosse, com palavrões. Sua irritação parecia pedir por uma figura que justificasse a agressão. Mas era apenas um garoto gordo, mochila às costas. Os palavrões ficaram presos no palato; Antonio só não conteve as mãos que desceram até a carteira para checar se ela estava ali, o que sua consciência traduziu em vergonha logo a seguir. "Opa, vai em frente, garotão", as palavras em tom amável saltaram de sua boca como se alguém as tivesse posto ali, como um dublador de seriado, ou uma legenda mal traduzida nos filmes de antigamente.

Puxou papo com Rosa, como que para afastar o mal-estar.

"Há quanto tempo você mora por aqui?"

"Nem sei bem, doutor, são muitos anos, muito antes da Heleninha nascer. A gente se apega aos lugares, né? Dizem que tem lugar até mais barato lá pra cidade", falou, referindo-se ao centro, "mas eu gosto da minha casinha. E minha mãe tá aqui perto, nem tem como ir embora".

Antonio perguntou sobre a escola, sobre dona Maria, sobre o caminho da ida para o trabalho. Parecia interessado, estava interessado, mas de algum modo não retinha as respostas, já que ao mesmo tempo pensava nas etapas seguintes, no procedimento que tomaria ao chegar, examinar a menina, medir sua temperatura, ponderar as hipóteses, explicar à família, receitar os remédios e, enfim, voltar para casa, provavelmente de táxi, cair na cama e desmaiar de cansaço. Todo médico, por mais especializado, é um clínico geral; sabe dar um diagnóstico simples como esse. Isso seria o de menos, depois de mais de 3 horas internado em latas.

Desceram do ônibus e se puseram a caminhar, subindo a avenida com rapidez, apesar do cansaço. Com a chuva mais fraca, Antonio dispensou a semicobertura do guarda-chuva de Rosa, de vez em quando usando a maleta de médico para não se molhar tanto. Quando viu a placa azul com letras brancas um pouco apagadas, RUA FLORAL, sentiu alívio e ânimo. A casa, pequena mas não desconfortável, era característica, com o portão de ferro branco na frente, garagem em cerâmica vermelha para o carro velho, paredes em azul-claro e porta de madeira com a campainha de vento que costumava odiar. Entrou e viu Heleninha deitada na sala, coberta com um lençol lilás, vendo TV e cercada por três pessoas. Logo notou que não estava abatida, apenas um pouco pálida, e se alegrou. A alegria era pela menina, mas também pela perspectiva de ver breve o fim da noite. O mapa do espírito não traça fronteiras nítidas.

As três pessoas, Rosa apresentou, eram dona Maria, Geraldo e uma vizinha, Amália, que começou a falar como se estivesse diante do apocalipse ou numa cena de *Dama das Camélias*. Rosa pediu que esperasse, que Antonio era doutor e precisava olhar a menina com calma. "Oi, menina, tudo bem?", falou, procurando soar tranquilo, como se tudo aquilo não fosse durar muito mais. Heleninha sorriu docemente para ele, sem dizer nada, e Antonio notou um fio de lã em sua testa, que tratou de tirar. "Essa é uma simpatia, doutor Antonio, mal não vai fazer", disse Amália, sem esconder a ironia. Sem olhar para não se aborrecer, Antonio respondeu de modo seco mas amistoso: "Eu sei, dona Amália. Foi só porque quero sentir a temperatura dela." Pôde sentir que Rosa, atrás de si, fazia cara de reprovação para a vizinha.

Dali a pouco um barulho se ouviu ao pé da porta; era uma cadelinha branca atravessando a portinhola do quintal para a sala. "Grace!", disse Heleninha, esticando os braços para ela. "O nome dela é Grace?", perguntou Antonio, e Geraldo, talvez querendo descontrair o ambiente, disse "É o que parece, né, doutor?" Dona Amália deu uma risada, mas só ela. Antonio mais uma vez não tirou os olhos da menina. "Heleninha, menina, me diga o que está sentindo." Agora foi a vez de dona Maria intervir. "Ela reclama de dor de cabeça, doutor, muita dor de cabeça." Rosa percebeu que Antonio começava a se chatear com a situação e, antes que ele pedisse para todos saírem, falou em tom bravo: "Agora vamos deixar o doutor conversar com minha filha, por favor. Mãe, vai para a cozinha com a Amália e o Geraldo, preparem um café, fiquem lá esperando. Seu Antonio, não quer tirar essa jaqueta molhada?"

Ele agradeceu, ajeitou a jaqueta no encosto de uma cadeira atrás do sofá, respirou fundo como se de repente tivesse se lembrado de tomar ar. Relaxou mais quando Heleninha respondeu:

"Sim, tio, é minha cachorrinha, é a Grace. Ela não é linda?"

"É, sim. Esse nome é por causa da princesa?"

"Que princesa?"

"Ah, uma princesa que se chamava Grace Kelly."

"Não, eu vi esse nome num livro da escola. Achei bonito, bem que eu queria me chamar Grace."

"Helena é um nome tão bonito. Mas outro dia conto para você uma história sobre Helenas."

"E ela também tá tão doentinha."

"Ela quem?"

"A Grace, tio. Minha mãe disse que é porque ela já tá velhinha. Ela já devia ser velhinha quando a gente pegou na rua. Mas eu não me importo, ela é minha melhor amiga."

"Tá bom, mas é desta mocinha aqui que eu quero saber."

Pouco a pouco Antonio ficou tenso de novo. Sabia que os médicos precisam ser bons atores e esconder os sentimentos, ou ao menos tentar escolher os sentimentos: não podia mostrar a aflição que começava a sentir esquentando seu rosto enquanto fazia os exames na menina, mas precisava mostrar alguma preocupação, para que a mãe entendesse o que se passava.

Todos os sintomas apontavam para tumor cerebral.

Rosa lhe contou dos vômitos, da dificuldade para andar, da aversão à luz da manhã. Antonio detectou dores não só na cabeça, mas também num só lado do rosto; pediu para ela andar e viu a tontura. Por um momento, se deixou dominar por uma imagem horrível, a daquela menina morta à sua frente como se fosse a filha que ainda não tivera. Sem que Rosa percebesse, recobrou a firmeza e começou a buscar as palavras para explicar a questão. Gaguejou um pouco, mas os conselhos de um velho professor da faculdade emergiram em sua mente e lhe deram confiança para seguir no discurso.

Ainda assim, no vão entre as frases, pressentia um abismo.

"Rosa, você precisa ser forte", continuou, mas, diante do rosto espantado dela, percebeu que estava apenas soltando um lugar-comum e que o significado da frase podia muito bem ser "Rosa, precisamos ser fortes". Tentou se corrigir:

"Precisa ser forte porque a menina está bem, quero dizer, ela não parece ter nada grave, mas você vai ter que levá-la para um bom hospital, fazer uns exames neurológicos, entende? Pode ser algo mais sério que uma dor de cabeça ou enxaqueca, mas também pode não ser nada."

"Doutor, não estou entendendo, é sério ou não é? Se pode não ser nada, por que a menina está assim, tão fraca, com essa dor durante tantos dias? E que exames são esses que o senhor falou?"

Antonio tomou fôlego para se expressar melhor, ou ao menos dar uma impressão de confiança, mas nesse momento Geraldo e Amália retornaram, enquanto dona Maria terminava o café.

"Que aconteceu?", perguntou Geraldo, e Antonio captou uma arrogância em sua voz que o perturbou mais ainda.

"Ai, minha nossa senhora, o que está acontecendo?", berrou Amália, como se quisesse que a vizinhança toda escutasse.

"Dá para ter calma?", reagiu Antonio, mais uma vez sem conseguir acertar a nota da calma.

"Não. Não dá", falou Rosa, entre brava e desolada.

Ao ver no semblante de Rosa umas sombras que jamais tinha visto, Antonio recobrou mais uma vez as forças e falou de maneira professoral, a única que lhe restava para ser convincente naquela situação.

"Rosa, a paciente apresenta alguns sintomas que podem ser compatíveis com um quadro de tumor cerebral. Se agirmos rapidamente, poderemos verificar se é um tumor benigno ou não, e então tomar as providências. Como lhe expliquei, não sou neurologista nem pediatra, sou oftalmologista. Mas sou um médico experiente e determino que ela seja imediatamente levada para um hospital."

Antonio ainda teve esperança de ver seu discurso apaziguar os nervos, mas aconteceu o contrário. Rosa desabou sentada no sofá, aos pés da menina, e também ela começou a chorar; mãe e filha foram logo acompanhadas por dona Maria, que chegou da cozinha, não ouviu nada do que Antonio disse e mesmo assim entrou na choradeira. Amália seguiu berrando. "Ai, minha nossa, ai, que desgraça, Jesus."

Geraldo, então, se viu na obrigação de se controlar, mas logo perdeu a pose e começou a falar como um adolescente enfezado, como se dissesse não ter medo de um cara bem maior: "Bem que meu pai dizia que no Brasil se morre de médico. Não foi assim que morreu aquele presidente, o Tancredo? Vocês médicos são uns irresponsáveis, vocês são..."

Antonio olhou para Rosa e, por um momento, pensou em abraçá-la, como abraçaria uma amiga, mas a adrenalina e a compaixão deram uma brecha para a lucidez e ele se deu conta de que não era amigo nem parente de ninguém ali, e sim um profissional — e um profissional que estava sendo injustamente contestado, porque, mesmo que não houvesse tumor, a precaução era a ação mais correta. Fez então um gesto brusco com os braços e empinou o peito em direção a Geraldo, defendendo seu território:

"Não sei quais médicos atenderam a Heleninha antes de mim, meu amigo; só sei que eu atravessei a merda desta cidade para vir aqui e tentar ajudá-la antes que seja tarde. E você vem dizer que eu sou irresponsável?"

Geraldo recolheu o dedo que estava em riste e largou os braços, como que desistindo, e tentou se justificar: "Não estou falando do senhor, estou falando de modo geral."

Foi a senha para Rosa vencer o choro, levantar e sentenciar: "O doutor Antonio está certo. Vamos parar de chorar e brigar, e vamos tomar alguma atitude. Vamos pôr a menina num táxi e vamos para o hospital. Mesmo que seja lá na cidade, um dos bons."

Antonio, enfim, respirou aliviado. Sentiu as mãos ainda trêmulas; sentiu mais a admiração por aquela mulher. Quase automaticamente se ofereceu para ajudar, indicando um hospital onde tinha amigos especialistas na área e pagando a conta do táxi. "Doutor, eu não devia aceitar, mas aceito. Orgulho fala bonito, mas é burro."

No hospital, Heleninha foi encaminhada para a neurologia, que faria exames e a internaria para observação. Antonio olhou para o relógio na parede do corredor. Já era quase meia-noite. Pensou em ficar ali, dando apoio para a família, dividindo com eles a angústia da espera, consolando Rosa. Pensou até em bancar todos os custos, o que causaria ótima impressão em Rosa, quem sabe até mesmo em Olga. Mas não; tinha cumprido seu dever. Embora temendo ter exagerado, foi embora seguro de suas decisões. Não ouviu obrigado nem desculpa; nem quis ouvir. Seu pagamento era ter lidado bem com o problema.

Dias depois, Rosa ligou para avisar que a menina estava bem e que ela voltaria ao trabalho na manhã seguinte. "E obrigado, doutor, o senhor estava certo. O tumor é benigno e os médicos disseram que ela não precisa ser operada, apenas tomar os remédios."

"Ela está bem agora?"

"Mais ou menos."

"Como assim, por quê?"

"É que a cachorrinha morreu, sabe, a Grace, bem nestes dias que ela ficou internada. Não sei se ela achou que a dona ia morrer."

O acidente

 advogado viu o sinal amarelando e entendeu que deveria acelerar o carro em vez de reduzir. O motoboy na perpendicular entendeu o mesmo. POU! O motoboy foi jogado a uns dez metros de distância, deu um grito e ficou gemendo. O advogado, com mãos e pernas tremendo, foi até ele entre irritado e comovido. Ajudou a tirar o capacete e o reconheceu: era o boy do escritório, o Pulga, que o olhava com raiva. Imediatamente o advogado olhou para os envelopes pardos que se espalharam pelo asfalto. De um deles escorregou um contrato que tinha sua assinatura. "É pra ontem!", gritara ao entregá-lo ao Pulga naquela manhã. Virando o rosto de volta para ele, por uma fração de segundos torceu para que não fosse nada e ele se levantasse e continuasse o serviço do dia. Afastou o pensamento chacoalhando a cabeça e estendeu a mão para Pulga, que segurava o tornozelo fraturado e urrava de dor. "Vem, te levo pro hospital." Pulga se esforçou para levar a mão para dentro do casaco, pegou o celular e o estendeu ao advogado: "Doutor, liga pro meu pai primeiro."

A partida

mília morava numa cidadezinha do interior, tinha sete anos de casamento e trabalhava satisfeita no escritório de sua tia arquiteta. Até que conheceu "um cara no orkut", largou tudo e foi morar em São Paulo. Mas não com ele, por enquanto. Começou a nova vida abrigada no apartamento de uma prima, que logo lhe arranjou uma vaga num escritório. O marido culpou a prima, dizendo em dezenas de emails diários que ela é que tinha apresentado o amigo virtual e colocado aquelas ideias na cabeça de Emília; na cidadezinha e no orkut, espalhou mentiras e verdades sobre ela. Até que se cansou e jamais procurou de novo Emília, que hoje já nem vê o cara do orkut.

Esperanto

*"Pensar é esquecer diferenças, é
generalizar, abstrair."*

(Jorge Luis Borges, Funes, o Memorioso)

professor Davi Gucci foi convidado por email a fazer uma palestra numa instituição que respeitava. Para acertar os termos, poderia ir ao escritório da promotora do evento às 17h da quarta-feira? Respondeu que sim. Fazia frio em São Paulo quando tomou o táxi na data combinada; apesar do trânsito, chegou na hora. Era uma casa comum numa rua em declive da Vila Romana; nem parecia ser um escritório. Na sala, dois funcionários trabalhavam ao computador. A secretária disse que avisaria ao chefe e saiu. O rapaz, muito franzino e tímido, veio até ele oferecendo café e esticando um envelope branco com dinheiro vivo:

"Este é o adiantamento da palestra."

O professor objetou:

"Mas nem fechamos ainda e não tratei dos valores."

A resposta veio breve e sorridente: "Seu Herman vai explicar tudo ao senhor daqui a pouco."

Davi deixou que o envelope fosse posto em sua mão semicerrada. Não contou o dinheiro, mas pelo número de cédulas estimou muito.

A secretária retornou e o conduziu até a sala ao lado, onde um homem grandalhão e mal-vestido, com um bigode de barão dos tempos da Primeira Guerra, se apresentou como Herman Weg, produtor cultural. Em seguida mostrou em cima de sua mesa a cópia de um "artigo muito bom" que o professor havia escrito num jornal recentemente. Grifada em amarelo fosforescente, estava a frase "convertendo a internet numa espécie de esperanto para a humanidade". Herman se sentou, girou na cadeira, abriu um documento no computador e pediu que o professor escutasse. Era um texto sobre o esperanto, e parecia ser um texto bem longo.

Ficou 15 ou 20 minutos lendo de costas em voz alta, num volume alto, com a pretensão de estar oferecendo a mais alta solução para todos os problemas da humanidade, até que Davi não suportou e interveio:

"Senhor Herman, desculpe, mas não vim aqui para ouvi-lo ler seu panfleto sobre o esperanto. Meu assunto era a internet, não o idioma."

Herman se irritou; seu rosto amarelado, como que exposto a um século de fumaça de cigarro contínua, se avermelhou instantaneamente.

"Por quê, o senhor não acredita no esperanto?"

Davi disse que não estava ali para discutir esse assunto, e sim para tratar de uma palestra. Como se houvesse alguma relação lógica evidente, Herman respondeu em tom mais calmo:

"Vou chegar lá. Acho que, em sua palestra, estas informações serão necessárias, para não dizer fundamentais."

Aborrecido com a arrogância do interlocutor, Davi pensou em lhe dizer que estava suficientemente informado sobre esperanto, sendo um professor de Letras, e que seu artigo não era sobre o assunto e que tampouco faria palestra sobre o assunto. Mas respirou fundo e se deu conta de que se dissesse isso o "profeta" só insistiria; afinal, toda informação é insuficiente. Optou por uma desculpa prática:

"De qualquer modo, vim para lhe dizer que não poderei fazer a palestra no dia combinado."

Foi pior. A frase foi uma deixa para Herman seguir em frente: "Isso não é problema, o senhor escolhe o dia e a hora. O que eu apenas queria dizer é que..." — e continuou a ler o texto em seu computador. Sua fala carregava na inflexão de cada sintagma, como se uma a cada três palavras tivesse que ser sublinhada, como se o texto todo estivesse acompanhado por um ritmo marcial, um rufar acelerado e compassado de tambores. Seu timbre era grave; a pronúncia, redonda, sem falhas ou arestas.

Davi tentou de novo a vereda da paciência e começou a se concentrar nos livros que estavam atrás de Herman. Estavam ali as sumas de todas as religiões, do *Baghavad Gita* à Bíblia, do Alcorão ao *Tao Te Ching*; o melhor e o pior da literatura alemã, o *Dichtung und Warheit* de Goethe, o *Mein Kampf* de Hitler; diversas coleções e enciclopédias, bem como antologias com o título *O Melhor de....* Todos eram títulos muito sérios e estavam encadernados em couro preto com letras douradas, numa solenidade que contrastava com as estantes cinzas e vergadas de metal barato, dessas que se compram desmontadas dentro de caixas de papelão. A sala tinha apenas uma janela estreita no alto de uma parede, por onde os últimos raios do crepúsculo entravam em diagonal.

A essa altura Herman quase berrava, como que inebriado pela própria prosódia, cheirando forte à nicotina, e Davi já não conseguia ficar impassível. Ouviu que "só um novo idioma pode criar um novo homem, um idioma que é uma síntese de todos os outros, mas feito de novas palavras, livres do desgaste, livres do passado". Tomou, então, outra decisão, a de entrar superficialmente no mérito da questão para ver se mostrava ao interlocutor que era um soldado perdido. Arriscou:

"Convenhamos que o esperanto está aí há mais de 120 anos e não emplacou. Para um idioma universal, não se universalizou e nem..."

Herman o interrompeu, visivelmente tentando manter a calma e falar mais baixo, citando números de adeptos, pessoas famosas que defenderam a língua franca, palavras que julgava "bonitas, perfeitas".

Seguiram-se mais dez minutos de fala quase sem pausas, altissonante, como se a paixão de Herman por sua causa tivesse criado uma mecânica própria, um sistema expositivo totalmente regrado; como se o ardor corresse em trilhos matemáticos. Nos trechos em que prestava atenção, ou que o flagravam nos momentos em que não estava disperso, Davi escutava expressões, ditas entre perdigotos que caíam na cópia de seu texto sobre a mesa, como "esperança de uma sociedade do futuro ancorada no melhor da tradição", "conciliação dialética entre emoção e razão", "idioma puro, ao mesmo tempo o mais preciso e o mais simples de todos os idiomas surgidos desde Babel". As frases se bifurcavam e se reencontravam, como num labirinto, e, quando pareciam que tomavam outro sentido, voltavam ao mesmo ponto do começo. Eram como uma cidade em que qualquer desvio é interminável e falso.

A gigantesca espiral verbal criou tal pressão que Davi não se conteve, e quem sabe a estratégia do confronto fosse a saída.

"Chega, Herman", falou com firmeza, levantando-se. "Eu vou embora, tome aqui seu dinheiro", subiu o tom e jogou o envelope na mesa. "Se você acha que ficar deitando essa catilinária vai me fazer aderir à sua seita, está muito enganado. Não quero saber dessa porra de esperanto e não quero saber de porra de palestra nenhuma."

Fez menção de sair andando, temendo que Herman obstruísse seu caminho e até partisse para a violência. Mas Herman novamente optou pela reação fria, tranquila, e usou maneiras tão respeitosas que o professor se envergonhou da grosseria e reacomodou a voz:

"Ok, dou mais cinco minutos para você ir ao ponto. O que você quer é uma palestra sobre internet e o uso de uma língua comum, é isso?"

"É isso mesmo, meu amigo", respondeu Herman, sorrindo sem ternura e deslizando o envelope sobre a mesa na direção de Davi, que não pegou nele. "Por esse motivo é que eu precisava ler este artigo até o fim, apenas para lhe dar alguns subsídios", disse Herman — e retomou a leitura, agora alternando a vista entre o computador e o professor.

Os parágrafos se sucederam, como blocos inseparáveis, e, por alguns momentos, Davi teve a impressão de que as palavras pomposas e os gestos arroubados tinham sido minuciosamente ensaiados, durante meses ou talvez anos; era como se o texto não tivesse sido escrito por Herman, mas por algum autor a quem servia. Será que não é uma seita mesmo? Havia usado a palavra por força de expressão, para ver se o suposto produtor cultural não se revelava ou se ofendia a ponto de deixá-lo ir embora ou expulsá-lo — e sua irritação era tal que a expulsão seria muito bem-vinda. E se esse Herman fosse apenas um porta-voz de um movimento maior, de alguma sociedade secreta, quem sabe de uma conspiração internacional? Talvez por isso ele se referisse várias vezes a um outro apólogo do esperanto, seu rival, dizendo que não tinha autoridade para defendê-lo. "Esta é uma missão para homens como eu e o senhor, professor."

Nesse instante a porta se abriu, cortando como uma faca a cadeia discursiva de Herman e despertando Davi de seu misto de torpor e devaneio. A tensão do ambiente pareceu se esvair pela porta, como um vento quente. Era a secretária, que agora Davi reparava que se tratava de uma moça bonita e triste, com olheiras profundas. Ela se desculpou pela interrupção, pôs alguns papéis sobre a mesa e, numa voz fina, quase quebradiça, disse que precisava da assinatura de Herman com urgência, pois o motoboy estava esperando. Davi notou que entre os papéis estava um cheque, cujo valor não enxergava, e que Herman assinou atabalhoadamente, como se já soubesse do que se tratava e quisesse se desvencilhar rápido do problema. Notou também que em nenhum momento os três membros da "produtora" falavam em esperanto entre si.

Foi assim, diante de meros minutos do que parecia ser a rotina de um escritório, com seus afazeres e negócios normais, suas tarefas cotidianas, suas pressas urbanas, seus modos coloquiais e corriqueiros, enfim, que Davi divisou uma última estratégia para se livrar da situação. Herman mal fazia ideia de quem ele, Davi, era. Muito provavelmente havia digitado a palavra "esperanto" no Google e encontrado sua frase no meio de um artigo. Lembrou, então, que no email do convite havia a menção ao local da palestra, Memorial da América Latina, Barra Funda, e aos outros nomes de intelectuais e personalidades que teriam feito palestra ali por sua encomenda. Assim que a secretária saiu, antes que Herman terminasse de tomar o fôlego para retomar seu dédalo oral, Davi perguntou:

"A palestra será no Memorial, correto?"

"Correto. E eu quero que..."

"Mas onde no Memorial? No auditório da biblioteca?"

"Naturalmente."

"Mas eu acho aquele auditório tão frio no inverno!", comentou Davi, com um breve riso. "Niemeyer, você sabe..."

"É, eu sei", Herman respondeu, mas o balançar forçado da cabeça deu a entender que não sabia, não.

"Por sinal, quando foi que o Henrique Morais esteve lá? No seu email você citou o Henrique, que é meu colega da faculdade, muito meu amigo. Ele não me contou nada, mas tudo bem. Vou querer saber dele como foi", continuou, ainda sorrindo; "vou querer saber se ele não passou frio. Ou, se foi em outra época do ano, se ele não passou calor... Niemeyer, você sabe..." Vendo que Herman demorava a reagir, emendou o desfecho: "Em que dia o Henrique fez palestra lá, afinal?"

Pela primeira vez nas quase duas horas de sufoco que passava ali, o professor viu Herman gaguejar, como que surpreso pelo golpe simples, feito de pedrinhas de detalhes e ironias.

"Ahn... Não me lembro bem, acho que em março... Não estava frio... nem calor...", Herman disse e soltou um pigarro.

Davi ficou em silêncio, deixando que ele se perdesse em seu próprio constrangimento. Herman tentou seguir:

"É que sou meio ruim para datas. Minha memória não é boa para essas coisas, sabe? Não dá para lembrar tudo."

"Mas você deve ter essa informação aí no seu computador, não?"

"No computador? Não, já disse que não presto muita atenção nesses pormenores práticos."

"Então, sua secretária. Ela deve ter essa informação."

"Senhor Davi, não estamos aqui para trocar informações. Temos uma tarefa maior... a tarefa de... de promover reflexões, isso, promover reflexões. O senhor entende. E está sendo muito bem pago para isso."

Davi afligiu Herman com mais alguns instantes de silêncio e sorriso de canto. Quando se levantou calmamente da cadeira, apanhou o envelope com um gesto lento e saiu. Atravessou a porta, como se deixasse a masmorra de um castelo, e percorreu o caminho até a saída sem falar nada. Ao passar pela mesa do rapaz, esticou o envelope e ele o pegou, também sem uma palavra. Do lado de fora, a noite lhe pareceu bonita e as buzinas soavam como a *Ode à Alegria*.

Créditos e agradecimentos

O texto *Educação pelo outono* foi publicado no livro *Contos para Ler Ouvindo Música* (Record, 2005, org. Miguel Sanches Neto); *Golpe de vista*, em *11 Histórias de Futebol* (Nova Alexandria, 2006, org. Nelson Oliveira); *Ledinha*, em *Capitu Mandou Flores* (Geração Editorial, 2008, org. Rinaldo Fernandes); e *Calor de chuva*, na revista *SesC E,* em setembro de 2008. Todos sofreram alterações. Os minicontos foram publicados na coluna *Sinopse,* no jornal *O Estado de S.Paulo,* desde 2006. Os demais textos foram escritos especialmente para este livro. *Circuito interno* é inspirado no conto *The Big Radio,* de John Cheever. *Jogo da verdade* começou a ser escrito como peça em 2003. *O último monólogo do grande ator* nasceu como um convite de Paulo Autran (1922-2007) para escrever um texto sobre velhice que ele pretendia encenar no palco.

Agradeço aos organizadores das coletâneas e aos amigos e amigas que leram, corrigiram e comentaram os textos.

Impresso no Brasil pelo
Sistema Cameron da Divisão Gráfica da
DISTRIBUIDORA RECORD DE SERVIÇOS DE IMPRENSA S.A.
Rua Argentina 171 – Rio de Janeiro, RJ – 20921-380 – Tel.: 2585-2000